U0116263

南京稀见文献丛刊

弘光实录钞

（明末清初）黄宗羲 撰

金陵野钞

（明末清初）顾苓 撰

南都死难纪略

（明末清初）顾苓 撰

点校　金毓平

南京出版传媒集团
南京出版社

图书在版编目（CIP）数据

弘光实录钞·金陵野钞·南都死难纪略 /（清）黄宗
羲，（清）顾苓撰 . -- 南京：南京出版社，2024.4
（南京稀见文献丛刊）
ISBN 978-7-5533-4748-6

Ⅰ . ①弘… Ⅱ . ①黄… ②顾… Ⅲ . ①中国历史—明
清时代—史料 Ⅳ . ① K248.406

中国国家版本馆 CIP 数据核字（2024）第 083345 号

丛 书 名	南京稀见文献丛刊	
书 名	弘光实录钞·金陵野钞·南都死难纪略	
作 者	（明末清初）黄宗羲；（明末清初）顾苓；（明末清初）顾苓	
出版发行	南京出版传媒集团	
	南 京 出 版 社	

社址：南京市太平门街 53 号　　　　邮编：210016
网址：http://www.njcbs.cn　　　　电子信箱：njcbs1988@163.com
联系电话：025-83283893、83283864（营销）　025-83112257（编务）

出 版 人	项晓宁
出 品 人	卢海鸣
责任编辑	严行健
装帧设计	王　俊
责任印制	杨福彬

排　　版	南京新华丰制版有限公司
印　　刷	南京工大印务有限公司
开　　本	890 毫米 × 1240 毫米　1/32
印　　张	5.75
字　　数	108 千
版　　次	2024 年 4 月第 1 版
印　　次	2024 年 4 月第 1 次印刷
书　　号	ISBN 978-7-5533-4748-6
定　　价	50.00 元

用微信或京东
APP扫码购书

用淘宝APP
扫码购书

总　序

　　南京是我国著名的七大古都之一,又是国务院首批公布的24座历史文化名城之一。有将近2500年的建城史,约450年的建都史,号称"六朝古都""十朝都会"。南京的地方文献是中华历史文化资源的一个重要组成部分,是研究我国政治、经济、军事、文化和民风民俗的重要资料。为了贯彻落实党的十九大精神和习近平新时代中国特色社会主义思想,配合南京的经济发展与城市建设,深度挖掘历史文化资源,做好历史文献整理出版工作,不仅有利于传承、弘扬南京历史文化,提升南京品位,扩大南京影响力,也有利于推动物质文明、政治文明、精神文明、社会文明、生态文明协调发展。

　　长期以来,南京地方文献还没有系统地整理出版过,大量的南京珍贵文献散落在全国各地的图书馆和民间。许多珍贵的南京文献被束之高阁,无人问津,有的随着岁月的流逝而湮没无闻。广大读者想要查找阅读这些散见的地方文献,费时费力,十分不便。为开发和利用好这一祖先留给我们的文化瑰宝,充分发挥其资治、存史、教化、育人功能,南京出版传媒集团(南京出版社)与南京市地方志编纂委员会办公室组织了一批专家和相关人员,致力于搜集整理出版南京历史上稀有的、珍贵的经典文献,并把"南京稀见文献丛刊"精心打造成古都南京的文化品牌和特色名片。为此,我们在内容定位上是全方位、多视角地展示南京文化的深层内涵和丰富魅力;在读者定位上是广大知识分子、各级党政干部以及具有中等以上文化程度的人;在价值定位上,丛书兼顾学术研究、知识普及这两者的价值。这套丛书的版本力求是国内最早最好的版本,点校者力求是南京地方文化方面的专家学者,在装帧设计印刷上也力求高质量。

总之,我们力图通过这套丛书的出版,扩大稀见文献的流传范围,让更多的读者能够阅读到这些文献;增加稀见文献的存世数量,保存稀见文献;提升稀见文献的地位,突显稀见文献所具有的正史史料所没有的价值。

"南京稀见文献丛刊"编委会

导　读

本书汇集南明史料三种。

（一）

《弘光实录钞》四卷，题"古藏室史臣撰"，后人考证作者乃黄宗羲。黄宗羲（1610—1695），字太冲，一字德冰，号南雷，学者称梨洲先生，浙江绍兴府余姚县人。明末清初经学家、史学家、思想家、地理学家、天文历算学家、教育家。早年从学于哲学家刘宗周（蕺山），得蕺山之学。清兵南下，黄宗羲一度起兵，组织抗清运动。兵败后，隐居不仕，著书立说，倡言治史。提出"天下为主，君为客"的民本思想，主张以"天下之法"取代"一家之法"，从而限制君权，保证人民的基本权利。著有《明儒学案》《宋元学案》《明夷待访录》《律吕新义》《易学象数论》《黄梨洲文集》《黄梨洲诗集》《行朝录》等。

《弘光实录钞》又名《弘光纪年》，记录南明弘光朝之事。自崇祯十七年(1644)福王朱由崧即位南京始，至左懋第、袁继咸被害，江西巡抚旷昭迎降时止。全书以时间先后为序，根据邸报及个人闻见逐日记载，间以评述按语，表明观点，夹叙夹议，为南明弘光朝重要史书之一。从作者自序"则弘光时邸报，臣畜之以为史料者也""先取一代排比而纂之，证以故所闻见""论世者徒伤夫帝之父死于路而不知也"，可知其写作目的，不仅存史，亦寄亡国之痛。全书记录了大量的奏疏、诏敕和人物事迹，并对为国而死者给予了高度的褒扬，所述多有据。作者之父黄尊素为明末著名"东林七君子"之一，为阉党所害，而作者又参与撰写《南都防乱通揭》，有其政治立场。

（二）

《金陵野钞》和《南都死难纪略》作者署名吴郡顾苓。顾苓（1609—1682年后），字云美、员美，号浊斋居士、塔影园客等，明南直隶苏州府人。明亡后，以遗民自居，结庐虎丘，隐居不仕。室悬明庄烈帝御书，时肃衣冠再拜，唏嘘太息。工诗文，书善篆隶、行楷，精篆刻。另著有《三朝大议录》《三吴旧语》《塔影园集》等。

《金陵野钞》记南明弘光朝史实，自崇祯十七年朱由崧即位起，至清军入南京，朱由崧逃离南京止。全书以时间为序，按日记事。对人、对事不加评论，述而不作。但从记事手法上和用词用字可看出其观点鲜明，如对南明弘光帝几无贬词，注重"为尊者讳"，"弘"一律改用"宏"；对清则"女真"皆以"女直"代之。《南都死难纪略》记载南明弘光朝"死难"官绅平民六十余人，正如自序所云"能死国者，其大义也"，无论何人，凡为国捐躯，皆有资格载入青史。

顾苓的《金陵野钞》《南都死难纪略》虽然与黄宗羲的《弘光实录钞》都以事件为线索，以人物为玑珠，反映南明弘光政权及其覆灭的历史，但在人物选取和记载上，顾苓不仅记录儒生、贱卒及失其姓名的长班、内侍、家丁、卖面人等，即其序言所说"儒生贱卒死于国难者必录，春秋能卫社稷，童子不殇之义也"，对死于国难的张捷、杨维垣等为马士英所使用的官员，"有玷生平，致身临难者必录，有大节也"，亦予以褒扬，实属难能可贵。

以上三部书，清时皆禁，故以钞本传世。《弘光实录钞》今存钞本三：一为清瞿世瑛清吟阁钞本，今藏湖北省图书馆；二为长恩阁钞本；三为北京大学图书馆藏清钞本。又有排印本二：一为宣统三年（1911）商务印书馆排印《痛史》本；二为民国三十六年（1947）上海神州国光社排印《中国内乱外祸历史丛书》本。本书以《金陵全书》收录的《痛史》本为底本点校。《金陵野钞》和《南都死难纪略》以民国十七年东方学会排印本为底本点校。在点校中，因三部书记录的都是同一时期的人和事，可相互印证处，在注释中皆不做说明。

金毓平

弘光實錄鈔卷一

崇禎十七年夏五月庚寅福王建監國於南京。

諱由崧神宗皇帝之孫也父常洵國於雒陽十六年正月爲流賊所害北都之變。

諸王皆南徙避亂時晉都諸臣議所以立者兵部尚書史可法謂太子永定二王

既陷賊中以序則在神宗之後而瑞桂惠地遠福王則七不可。謂貪淫酗酒不孝虐下不讀書干預

有司也。唯潞王諱常淓素有賢名雖穆宗之後然昭穆亦不遠也是其議者兵部侍

郎呂大器武德道雷縯祚未定而逆案阮大鋮久住南都線索在手遂走誠意伯

劉孔昭鳳陽總督馬士英幕中密議之必欲使事出於己而後可以爲功乃使其

私人楊文驄持空頭箋命其不問何王遇先至者卽塡寫迎之文驄至淮上有破

舟河下中有一人或曰福王也文驄入見啟以士英援立之意方出私錢買酒食

弘光實錄鈔　卷一　　一

清宣統三年《痛史》本《弘光實錄鈔》書影

金陵野鈔卷上

崇禎十七年甲申三月十九日逆賊李自成入京師上及里后陶宗杜皇太

子空王永王不知所至

四月十二日南京百僚集守備南京中軍都督府都督誠國公徐宏基

家陽推戴討賊時福王潞王周世孫各避賊南下南京兵部尚書參

贊機務可法督支可勤王並准為提督鳳陽兵部左侍郎都罷洗

僉都御史馬士英移書可法及南京礼兵二部侍郎呂大照爭請

吳郡碩菴雪美甫鈔

清钞本《金陵野钞》书影

南都死難紀略

太子太保克前鋒逕兵官興干伯高杰

高杰字英吾陝西覆冒涧介偉姿容好身手與李自成為盜釋綢綢通

自愛勇邢氏邢氏有才映鏡心汁死人相謀自拔朱歸崇禎七年降於援

劉澤兵左賀人龍鼎杰澄賀軍前墊兒前鋒澄兵交亡呻九月傅匡庭

於河南之玄真自成朱振杰敗之澄宏豊居縣報賊再次沙

州自成迂戰杰刃戰中多曲戰賊刀三奴自成第一賈廉東遇自成

清钞本《南都死难纪略》书影

总目录

南京稀见文献丛刊

弘光实录钞

（明末清初）黄宗羲 撰

点校 金毓平

南京出版传媒集团
南京出版社

弘光实录钞序

寒夜鼠啮架上，发烛照之，则弘光时邸报，臣畜之以为史料者也。年来幽忧多疾，旧闻日落，十年三徙，聚书复阙。后死之责，谁任之乎？先取一代排比而纂之，证以故所闻见，十日得书四卷，名之曰《弘光实录钞》。为说者曰："实录，国史也。今子无所受命，冒然称之，不已僭乎？"臣曰："国史既亡，则野史即国史也。陈寿之《蜀志》、元好问之《南冠录》，亦谁命之，而不谓之国史，可乎？"为说者曰："既名'实录'，其曰'钞'者，不已赘乎？"臣曰："钞之为言，略也。凡书自备而略之者曰钞。'实录'纂修，必备员开局。今以一人定闻见，能保其无略乎？其曰'钞'者，非备而钞之也。钞之以求其备也。"臣既削笔洗砚，慨然而叹曰："帝之不道，虽竖子小夫，亦计日而知其亡也。然诸坏政，皆起于利天下之一念。归功定策，怀仇异议，马、阮挟之以翻逆案，四镇挟之以领朝权。而诸君子亦遂有所顾忌而不敢为，于是，北伐之事荒矣。逮至追理三案，其利灾乐祸之心，不感恩于闯贼者仅耳。《传》曰：'临祸不忧，忧必及之'，此之谓也。"呜呼！南都之建，帝之酒色几何？而东南之金帛聚于士英，士英之金帛几何？而半世之恩仇快于大铖。曾不一年，而酒色、金帛、恩仇不知何在！论世者徒伤夫帝之父死于路而不知也，尚亦有利哉！

古藏室史臣识。时戊戌年冬十月甲子朔。

弘光实录钞

　　弘光南渡，得手钞便为信史。当今未敢矢口迁、固，然如此命笔，他日当不下晔、寿也。承命欲题数言，深荷盛雅。身为大臣，不能引决，颜厚有忸怩，其奈之何！或待此种种者，差可握手，少有以自盖也，而后为吮毫之计乎？知吾□□，知此怀也！

弘光实录钞卷一

崇祯十七年夏五月庚寅，福王建监国于南京。

讳由崧，神宗皇帝之孙也。父常洵，国于洛阳。十六年正月，为流贼所害。北都之变，诸王皆南徙避乱。时晋都诸臣议所以立者，兵部尚书史可法谓："太子，永、定二王既陷贼中，以序则在神宗之后，而瑞、桂、惠地远。福王则七不可。谓贪、淫、酗酒、不孝、虐下、不读书、干预有司也。唯潞王讳常涝素有贤名，虽穆宗之后，然昭穆亦不远也。"是其议者，兵部侍郎吕大器、武德道雷缜祚，未定，而逆案阮大铖久住南都，线索在手，遂走诚意伯刘孔昭、凤阳总督马士英幕中密议之，必欲使事出于己而后可以为功。乃使其私人杨文骢，持空头笺，命其不问何王，遇先至者，即填写迎之。文骢至淮上，有破舟河下，中有一人，或曰福王也。文骢入见，启以士英援立之意，方出私钱买酒食共饮，而风色正盛，遂开船，两昼夜而达仪真。可法犹集文武会议，已传各镇奉驾至矣。士英以七不可之书，用凤督印之成案，于是，可法事事受制于士英矣。

臣按：士英之所以挟可法，与可法之所以受挟于士英者，皆为定策之异议也。当是时，可法不妨明言始之所以异议者，社稷为重、君为轻之义。委质已定，君臣分明，何嫌何疑而交构其间乎？城府洞开，小人亦失其所秘，奈何有讳言之心，授士英以引而不发之矢乎？臣尝与刘宗周言之，宗周以为然。语之可法，不能用也。

进兵部尚书史可法东阁大学士，加凤阳总督马士英兵部尚书、东阁大学士，改户部尚书高弘图为礼部、入阁办事，召工部侍郎周堪赓为户部尚书。

辛卯，召姜曰广、王铎，俱礼部尚书、东阁大学士。

壬辰，以总兵张应元镇守承天。

戊戌，瑞王常浩避寇驻重庆。事闻，命总兵赵光远镇守四川。

己亥，以总兵郑鸿逵镇九江，黄蜚镇京口。

庚子，设四藩，以黄得功为靖南侯、高杰兴平伯、刘泽清东平伯、刘良佐广昌伯。

四藩者，其一淮、徐，其一扬、滁，其一凤、泗，其一庐、六。初，黄得功、高杰在北，刘泽清在山东，刘良佐在淮北。北都既陷，乱卒南下不遂，皆渡淮而处，而淮北为贼所有。马士英既借四镇以迎立，四镇亦遂为士英所结。史可法亦恐四镇之不悦己也，急封爵以慰之，君子知其无能为矣。

晋左良玉为宁南侯。

壬寅，福王即皇帝位，以明年为弘光元年。

黄得功、高杰相攻。

四镇欲以家眷安插江南，浮兵而渡。亟谕止之，令择江北以处。而得功、泽清、杰皆欲维扬，争端遂肇。及有旨，杰住扬州，而杰兵凶暴尤甚，扬人恶之，闭城登陴，坚不肯纳。得功以其家眷至仪真，遂传令攻杰^①，杰亦野营以待之。史可法百方调停，而以瓜州处杰。

乙巳，大学士史可法出督师于维扬。

士英入参机务，可法动受其制，不得已而出。留都诸生数百人合疏留之，不得。至十月，有何光显者，请召可法，拟士英操莽，廷杖杀之。

贼帅刘暴颁伪敕于靖南侯黄得功，系之。

闯贼以董学礼为淮镇，领兵一千五百，至宿迁，使伪镇威将军刘暴持敕五道，谕降得功、高杰、刘伊盛、大教场刘肇基、小教场徐大受。得功系之，候命正法。

己酉，御史陈良弼劾从贼詹事项煜。煜自北京逃回，混入班行。

辛亥，设勇卫，以总兵徐大受、郑彩分领水陆，阉人李国辅监之。

壬子，魏国公徐弘基、安远侯柳昌祚、灵璧侯汤国祚、抚宁侯朱国弼、南和伯方一元、诚意伯刘孔昭、东宁伯焦梦龙、成安伯郭祚永各晋官衔二级，加禄米五十石。

司礼监太监韩赞周、司礼秉笔太监卢九德各荫弟侄二人锦衣卫佥事，世袭。

甲寅，上命行祭告礼。泗陵、凤陵，遣督师大学士史可法；显陵，遣宁南侯左良玉；神烈山韩宪王坟，遣灵璧侯汤国祚、成安伯郭祚永；寿春以下诸王，遣凤阳府官。

---

① 遂传令攻杰：原文为"遂传攻"，据《南明史料（八种）》（江苏古籍出版社1999 年版）改。

乙卯，破贼报至，封吴三桂蓟国公，世袭。

四月二十日，吴三桂引北兵与贼战，败之。次日又败。二十七日，贼收兵入城。二十九日，贼将其资重出京，至芦沟桥，又遇北兵败之。北兵追贼至保定，至固关。

召陈子壮为礼部尚书。

六月丁巳朔，宁南侯左良玉自序恢复地方。

十六年八月，复武昌。十月十三日，复原武。十一月二十七日，再复袁州，又复平乡。十二月初二日，复万载；初五日，复澧陵；二十六日，复长沙、湘潭、湘阴，又复临湘、岳州。十七年正月十六日，复监利；二十二日，复石首。二月十一日，复公安、惠安，乘胜直捣随州。未满三月，复府州县一十四处。

庚申，复宿迁，擒贼官吕弼周、王富。

追崇皇考曰恭皇帝、皇妣田氏曰恭皇后。

辛酉，上大行皇帝谥曰烈皇帝，庙号思宗。

起钱谦益协理詹事府事、礼部尚书。

壬戌，遣御史陈荩募兵云南。

惠王常润寓肇庆，事闻。

癸亥，分守睢阳参将丁启光献俘阙下。

归德府伪管河同知陈奇、商丘伪知县贾士俊、柘城伪知县郭经邦、鹿邑伪知县孙澄、宁陵伪知县许承荫、考城伪知县范隽、夏邑伪知县尚国俊，献伪条记一颗、伪契六颗。

扬州乡官郑元勋，民变被杀。高杰扰害地方，抚臣黄家瑞、守道马鸣騄，听城中百姓日取河边草，兵辄伺隙杀之，兵民相构日甚。元勋往来高杰之营，从中解之，百姓疑其导之为恶。因元勋一言之误，于巡抚座上，群起而杀之，解其支体。史可法参家瑞、鸣騄，有旨议处。父老诣阙申请，于是留任。

乙丑，马士英奏翻钦定逆案。士英奏："原任光禄寺卿阮大铖，居山林而不忘君父，未任边疆，而实娴韬略。北信到时，臣与诸臣面商定策。大铖致书于臣及操臣刘孔昭，戒以力扫邪谋，臣甚服之。须遣官立召，暂假冠带，来京陛见，面问方略。如其不当，臣甘同罪；若堪实用，则臣部见缺右侍郎，当赦其往罪，敕部起补。"于是召对大铖。大学士高弘图，请九卿集议，不当以中旨用大铖。户科给事中罗万象奏："逆案阮大铖，不由廷推，不合。会议启事之日，无不共为惊疑；陛见之时，又无不共为窃弄。以大铖为知兵耶？燕子笺、春灯谜，未便是枕上之阴符，袖中之黄石也。先帝之成令，一朝而弃之；皇上之明诏，一朝而反之，抑何以示不倍之谊乎？"户科右给事中熊汝霖奏："阮大铖，先帝既已弃之，举国又复非之，即使阁臣实见得是，亦当舍己从人，况乎阴阳消长，间不容发。宁博采广搜，求异材于草泽，胡执私违众，翻铁案于刑书？"御史陈良弼、米寿图、周元泰合奏："自魏逆窃权，群小煽毒，严春秋乱贼之义，必先申其治党之法。此从逆一案，先帝所以示丹青之信也。臣何仇于大铖？正恐从此诸邪悉出，逆案尽翻，使久定之典，紊于一日，何以昭天下而垂后世也！"怀远侯常延龄奏："大铖者，一戏曲之流，为阉人之干子。魏逆既诛，大铖即膏鈇钺，犹有余辜，而仅禁锢终身，已高厚包容之矣。"兵部左侍郎吕大器、太仆寺少卿万元吉、给事中陈子龙，御史詹兆恒、王孙蕃、左光先皆争之，而大学士姜曰广持之尤力。士英乃奏："臣通籍三十年,安囚之变,臣家僅止存十口,臣已几死。壬申,臣备兵易和口,兵犯宣大。及任宣抚,止五十日,被逮。诏狱锢刑部者,将三年,臣又几死。从戌所起臣总督凤阳,兵仅数千,马仅数百,而革左、献逆、小袁等贼,且数十万,臣又几死。闯陷京师,祸及先帝,臣罪应死。今无知而荐阮大铖,又当死。盖臣得罪封疆,得罪祖宗者,未必死;而得罪朋党,则必死。先帝诛薛国观、周延儒等,岂尽先帝之意哉?"大学士史可法以调停之说进曰:"昨监国诏款,诸臣汇集,经臣改定,内起废一款,有'除封疆逆案计典赃私不准起用'一段,臣为去之。以国事之败坏非常,人才之汇征宜庶,未可仍执往时之例耳。后来不知何故,复入此等字面,此示人以隘,不欲以天下之才,供天下之用也。"应天府丞郭维经奏:"督辅史可法雅负人望,亦有失言之过。记得四月初旬,北音正恶,督辅招臣等科道于清议堂论救时急着,首在得人。臣等各举所知,督辅执笔而记,臣等虑人众言杂,乃合词谓逆案断不可翻,督辅深明为然。言犹在耳,何其忽而易志? 其曰诏款逆案一段,臣已改去,不知诸臣何故复用? 夫诏书撰以史笔,定于圣裁,便无反汗? 藉曰督辅去之,诸臣不宜复改,岂皇上用之,督辅又可复改之乎? 况逆案成于先帝之手,岂督辅亦欲决而去之乎? 今方欲修先帝实录,若将钦案抹杀不书,则赫赫英灵,恐有余恻,或非皇上所以待先帝! 若必书之,而与今日起用之大铖事相对照,则显显令德,未免少愆,并非二辅所以待皇上也。"诚意伯刘孔昭乃为士英上言:"伏读诏书罪废各逆案,计典赃私,俱不得轻议,而置封疆失事于不言,闻当事者仍将有以用之也。此诏款之中,乃见一段门户之肺胆。朋党之祸,于斯为烈。"士英又奏:"臣谓大铖非逆,非谓逆案当翻。逆案诸臣,日久已登鬼箓,翻之何用? 既非逆案中人,亦不与当日之事,翻之何为? 与其身犯众怒,为死灰罪魄之魁,何如勉附清流,窃正人君子之庇? 舍菀集枯,臣虽愚不为也。监国诏书,据阁臣史可法疏,谓逆案等事俱抹去,而吕大器添入之,是以戎臣而增减诏书也。"

臣按:逆阉魏忠贤既诛,其从逆者先帝定为逆案,颁行天下,逆党合谋翻之。己巳之变,冯铨用数万金导北兵至喜峰口,欲以疆场之事翻案;温体仁讦钱谦益而代之,欲以科场之事翻案。小人计无不至,毅宗讫不可。大铖利国之灾,得士英而用之,然后得志。呜呼! 北兵之得入中国,自始至终,皆此案为之祟也。

丙寅,大仆寺少卿万元吉上封事。

"先皇帝大度英武,锐意振作,乃世不加治,祸乱益滋者,其故何也? 则宽严之用偶偏,而任议之途太畸也。先帝初临海宇,惩逆珰用事,斫削正气。固尝委任臣工,力行宽大矣。诸臣狃之,争意见之玄黄,略绸缪之桑土。敌入郊圻,束手无策。先帝赫然震怒,一时宵壬,遂乘间抵隙,中以用严之说。凡廷杖、告密、加派、抽练,种种新法,备经举行,使在朝者不暇救过,在野者无复聊生,然后号称振作,乃敌氛如故,寇祸弥张。十余年以来,小人用严之效,彰彰如是。先帝悔之,于是更崇宽大,悉反前规,天下以为太平可致。诸臣复乘之,竞贿赂，肆欺蒙，每趋愈下，再撄先帝之怒。谋杀方兴，宗社继没。盖诸臣之孽，每乘于先帝之宽；而先帝之严，亦每激于诸臣之玩，臣所谓宽严之用偶偏者此也。昨岁，督师孙传廷拥兵关中，识者俱以为不宜轻出，然已有逗留议之者矣。贼既渡河，臣与阁臣史可法、姜曰广云：'急撤关宁吴三桂，俾随枢辅迎击，都城始固。'既蒙先帝召对，亦曾及此，然已有蹙地议之者矣。贼势熏灼，廷臣劝南幸，劝太子监国南都，然已有邪妄议之者矣。由事后而观，咸追恨议者之误国；设事幸不败，必共服议者之守经。臣所谓任议之途太畸者，此也。追原祸始，不禁酸心。仰祈皇上博览载籍，延访群工。盖崇简易、推真诚之谓宽，而滥赏纵罪者非宽；辨邪正、综名实之谓严，而钩距索瘢者非严。宽严得济，任议乃合。"

潞王寓杭州。有旨约束其从人，盖士英之意，无日不在王也。

吉王薨。

谥大学士刘一燝文端、贺逢圣文忠。

戊辰，马士英密陈四事。

一、圣母在郭家寨，有常守文者知之。一、皇考梓宫遇难之时，槁葬不备，命安抚李际遇护送南来。一、选淑女以备中宫。一、防护亲藩，恐为奸宄所挟。

己巳，左懋第以应安巡抚防守上游。

辛未，户科给事中罗万象谏用阉人王肇基督饷。

命司礼随堂太监王肇基出督浙、直、闽金花、白粮等饷。万象奏："先帝正以三饷叠加而败，今中使复奉旨而出，威令严重,厨传供亿,有司必奉承争先,囹圄桁杨,生民涂炭。东南半壁,其堪再坏乎?"大学士高弘图自请督饷于外,有旨留之,于是责成抚按。

改凤阳总兵牟文绶提督京营,以东平伯刘良佐代之。

太仆寺少卿万元吉请恤阵亡将佐。疏言:"臣前护军四川,追剿献、操二贼,总兵猛如虎、参将刘士杰、游击郭关、守备猛先捷,从芦州至开县二千余里,深入追杀。士杰、先捷俱死之,臣丁艰回籍。猛如虎守南阳,闯贼攻城甚急,如虎以计破之,伤贼数千。既闻他门失守,犹持短兵攻杀多贼。至唐府国门,望北拜,贼刺而害之。"

癸酉,靖江王攻复隋州^①。

甲戌,贼至济宁,参将李允和败之。

郭贼三千骑至济宁扎营,差其下五人伪为凌兵部家人,入州伏听。搜获,允和与朱继宗领兵至黄家集,杀步贼三十余,马贼不敢傅城。

起张国维为戎政尚书。

乙亥,湖广巡按御史黄澍召对,劾马士英于上前。

辅臣高弘图、姜曰广、马士英、王铎班殿左,公侯伯等班殿右。上传召御史黄澍来见。澍奏:"臣三年守汴,蒙先帝拔置台员。湖广全陷,差臣巡按。去年九月,臣至九江,与镇臣左良玉相会。镇臣暂驻九江,不敢遽催其前往。臣单身赴楚,与监臣何志孔、抚臣王扬基招集流移。时武昌初复,城内人

---

① 攻复隋州:原文为"攻复州",据《南明史料(八种)》(江苏古籍出版社1999年版)改。

民，不过百余，至旧冬今春，人心始定。正月，左镇至楚，分兵四出，恢复长沙、岳州、荆州、德安等府。四月中旬，左镇率全部之兵将诣承天，臣及抚臣何腾蛟、王扬基竭力措办粮料，除犒赏外，止得本色一万余石，不足供左兵十日之粮。左镇谅臣等心力耗竭，慨然发兵。二十日以后，攻围承天。贼百计坚拒，我兵酷暑粮尽，襄阳之贼乘机夹攻，至五月十三日，良玉恐持久变生，敕兵暂退。及臣到汉口，接枢臣史可法手书，始知先帝已殉社稷，皇上已监国南京，臣一痛几绝。二十二日，各臣会于汉口，设立先帝牌位，哭临既毕，次捧皇上令旨，叩头行礼。左镇流涕而言曰：'杀贼复仇，本镇主之；措办钱粮，抚按主之。新主登极，本镇钱粮未有所属，往议不可缓也。'臣慨然任之。于二十六日，自汉口起身赴都陛见，乞皇上念镇臣剿贼二十余年，身经数百战，当此天崩地裂，忠念愈坚，只以粮乏为忧。"上云："左镇忠义，朕所素鉴，粮饷自当与之。左兵若干？"澍奏："左镇食粮之兵，原额一万八千。"上顾户部，问饷几何，旁无应者。澍奏："每年约该饷八十余万。旧年欠额尚多，今年不知出于何所？臣所以急来议者，万一三军无食，南下索饷，臣与镇臣等一身不足惜，其如江南半壁何？"上云："该部计议速发。"澍奏："天下事势到此，臣见目前所为，还未尝为皇上做实事者，先帝止因阁部不得其人，一败涂地，况在今日？不知士英何等肺肠，弃下陵寝，居然来作阁下，翻弄朝权。分明利先帝之死，以成就自家富贵，此不忠之大者！况二陵为国家发祥之地，无故轻弃，万世而下，史臣记事，止说是皇上弃祖陵，是士英以不孝之名遗陛下也！士英祇有死罪，即上念其新功，就比四镇例，封之为伯，晋之为侯；或者为其兵权可以胁主，作威作福，便裂土而王之，总宜到陵上去，不宜在朝。"士英奏："臣在陵上，劳苦多年。"澍奏："士英剿贼之官，致使贼害先帝，死有余辜，敢在上前说劳说苦！"士英奏："臣功多过少。"澍奏："何为功多？天崩地裂，草莽小民，亦死罪在身，尔还说功！"上顾内臣云："直被黄澍说尽。"又奏："士英自为兵部以来，不见其发兵守江守城，即朝门外不过数人，而士英私宅，兵马罗列。其意欲挟兵自重，入朝便借兵威以胁皇上，出朝只假皇上威灵以诈骗各镇将。司马懿之心，人皆知之矣。"士英奏："兵部不该带兵？即史可法自淮抚入为兵部，未尝不带兵也。"澍奏："士英焉可比可法？君子而不仁者有以，夫未有小人而仁者也。且今日是何时候，未尝将兵胁人，又未尝将兵守门。"士英奏："臣因带兵受人之语，昨吕大器尚云臣要反。"澍大声叱士英奏："反之一字，为臣子者，岂敢出之于口！士英今日敢于上前信口直言，其目中何尝知有朝廷？无人臣礼，可谓极矣！臣料士英作反，非不为也，不能为也。"澍愤激，免冠叩头不已。云："臣今日誓不与贼臣俱生！皇上杀士英以谢祖宗，即杀臣以谢士英。"辅臣王铎、侍郎张有誉，劝澍复冠。上云："澍起！"澍云："奏事未完。"上云："起来再奏。"澍立少顷，又奏："士英在寿州二年，殃民克军，赃私何啻百万？"士英奏："臣居辇下，皇上即抄臣，果有百万，斩臣，否则斩澍。"澍奏："士英之言，奸贪之口供也。彼以九十九万，即不受斩矣。"士英奏："臣在凤阳，虽然无功，未尝失一城池。黄澍按楚，郡邑之失陷者，不知凡几。"澍奏："天威咫尺，士英尚在梦中！曾为总督，而楚中城池失陷日期，茫然不知。然则士英塘报，更无的实，以欺皇上可知矣。"士英语塞。澍奏："自江北七府尽失，先帝始遣臣。及臣至九江，则长沙、永州、宝庆皆陷矣。士英说臣失城池，红牌说谎之罪，不容辞也。"士英奏："澍在湖广与在家，多为不法。"澍奏："臣不法何事？即于上前奏明，以正臣罪。"上云："台臣辅臣，如此大争，非朕所愿。"澍奏："献贼兵部尚书周文江，麻城人。献贼用其计破省，文江又献下南京之策。献贼与银十万，使之招兵。左镇恢复蕲、黄，文江计无复之，将金帛美女献之士英，暗通线索。士英朦胧上奏，先帝用为副将。"守备太监何志孔奏："别事臣不敢与闻，若云文江，则臣监视也。文江原为伪尚书，不知何故，又为士英题用。"秉笔太监韩赞周奏："按臣言官，与大臣争执，宜也。志孔内员，不宜在殿上与外臣争论。"志孔云："乱臣贼子，人人得诛。当仁不让，臣言者公也。"赞周云："毕竟不宜。"志孔乃起。澍又奏："士英之罪，擢发难数，此特其一节耳。"士英奏："黄澍有党，臣无党。"澍奏："先帝在日，臣在言路极盛时，孤立不肯附人，臣何党？士英与阮大铖乃党耳！"上云："再补疏来。"各叩头退。澍补疏谓："士英十可斩。凤陵一抔土 ①，是国家发祥之地，士英受知先帝，自宜生死以之。巧卸重任，居然本兵。万世而下，贻皇上以弃祖宗之名，是谓不忠，可斩！国难初定，人人办必死之志，为先帝复仇。士英总督两年，居肥拥厚，有何劳苦？明圣之前，动云辛

---

① 一抔土：原文为"一坏土"，今改。

勤多年,是谓骄蹇,可斩!奉命讨献,而未尝出蕲、黄一步;奉命讨闯,而未尝出寿春一步。以致贼势猖狂,不可收拾,是谓误封疆,可斩!献贼兵部尚书周文江之金朝以入,而参将之荐夕以上,是谓通贼,可斩!市棍黄鼎,委署麻城,以有司之官,娶乡宦梅之焕之女。士英利其奸邪,互相表里,黄鼎私铸闯贼果毅将军银印,托言夺自贼手,飞报先帝,士英蒙厚赏,黄鼎加副将。麻城士民有'假印不去、真官不来'之谣,是谓欺君,可斩!皇上中兴,人归天与,士英以为非我莫能为。金陵之人有'若要天下平、除非杀了马士英'之谣,是谓无等,可斩!生平至污至贪,清议不齿,幸以手足圆滑,漏名逆案。其精神满腹,无日忘之,一朝得志,特荐同心逆党之阮大铖。大铖在朝为逆贼,居家为倡优,三尺之童,见其过市辄唾骂之。士英蔑侮前朝,矫诬先帝,是谓造叛,可斩!各镇忠义自奋,皇上殊恩,士英动云由我,是谓市恩,可斩!马匹兵械,扎营私居,以防不测,以胁朝臣,是谓不道,可斩!上得罪于二祖列宗,下得罪于兆民百姓,举国欲杀,犬彘弃余。以奸邪济跋扈之私,以要君为买国之渐,十可斩也!"士英补疏:"黄澍谓臣弃陵,臣因南中诸臣大逆不道,谋立疏藩,乃与诸镇歃血祖陵之前,勒兵江上,主持大义,何云弃陵?奉皇上睿旨,入朝面议登极大典,又何云弃陵?皇上试问黄澍,承天之陵曾否恢复?澍之此来,奉何宣召?是否弃陵在澍?为党人主使,牵引左镇,以要挟皇上,为门户出力,此是年来言路常态。而奏对之间,忽出内臣,睁眉怒目,发口相加,以内臣叱辱阁臣,辱大臣则辱朝廷矣,臣何颜复入纶扉之殿?何面再登司马之堂？乞皇上将臣官阶尽行削夺，或发建易旧地，或充凤阳陵户，以快奸党之心。"有旨："何志孔以内臣谗议外廷，殊伤国体，即宜处分。"而志孔者，巡视湖广，与澍同来。士英终畏左镇，上疏救之乃已。

　　臣按：士英以四镇兵威胁诸朝臣，澍以左镇兵威胁士英，所谓诈之见诈也。向若澍无所挟，谠论如是，忠矣哉！

　　丙子，国子监典籍李模上言，诸将不可言定策。"今日拥立之事，皇上不以得位为利，诸臣何敢以定策为名，甚至定策之名，加之镇将。镇将事先帝，未闻收桑榆之效；事皇上，未闻彰汗马之绩。案其实亦在戴罪之科，予之定策，其何敢安？"

　　起刘宗周为左都御史。

　　礼部尚书顾锡畴上言，刻期进取。疏云："守则力分，久守则力绌，盖必不支之势也。立降明诏，指日誓师，士民擒杀伪官，何以抚之？边臣拥兵，何以通之？志士退保山泽，何以奋之？陷臣乃心王室，何以归之？失今不图，使西北之民忠愤之气渐衰，而贼戡理之方渐备，然后欲图进取，为力甚难。"

　　丁丑，草莽孤臣刘宗周恸哭时艰，上陈四事。疏云："痛我高皇帝以用夏变夷，旋乾转坤之大业，而一旦为奸臣贼子所卖，致国破君亡，亘古未闻，普天饮恨。今日中兴大业，舍讨贼复仇，固无以表陛下前日渡江之心，而苟非陛下毅然决策亲征，亦何以作天下忠臣义士之气？一曰：据形势以规进取。江左非偏安之业，淮安、凤阳、安庆、襄阳等处，虽各立重镇，尤为重在凤阳，而驻以陛下亲征之师。一曰：重藩屏以资弹压。淮阳数百里之间，见有两节钺而不能御乱，争先南下，致淮北一块土拱手而授之贼矣。路振飞坐守淮城，久以家眷浮舟于远地，是倡逃之实也。于是，镇臣刘泽清、高杰相率有家眷寄江南之说。尤而效之，又何诛焉！按军法临阵脱逃者斩，臣谓一抚二镇罪皆可斩也。必先治抚臣不律之罪，而后可行于镇臣。一曰：慎爵赏以肃军情。无故而施之封典，徒以长其跋扈。以左帅之恢复也而封，高、刘之败逃也而亦封，又谁为不封者？武臣既封，文臣随之；外廷既封，中珰随之，臣恐天下因而解体也。一曰：窍旧官以立臣纪。燕京既破，有受伪官而叛者，有受伪官而逃者，有不受伪官而逃者，有在封守而逃者，有奉使命而逃者，而于法皆在不赦。至有伪命南下，徘徊于顺逆之间，必且倡为一种曲说，以惑人心。不特伪官伪，真官亦化为伪，而天下事益不可为矣。当此国破君亡之际，普天臣子皆当致死，幸而不死，反膺升级，能无益增天谴？除滥典不宜概行外，此后一切大小铨除，暂称行在，小存臣子负罪引慝之情。诗不云乎：'天之方蹶，无然泄泄。'"初，刘泽清自附清流，及见此疏，顿足恨曰："我一生精神，直为刘念台空费。"密遣人刺之。时宗周在丹阳萧寺中，危坐终日，刺者肃然不敢加害。而马士英疑宗周意在潞王，扬言于朝曰："刘宗周请皇上驻跸凤阳者，以凤阳高墙所在，凡宗室之有罪者处之，是以皇上为罪宗也。"其私人朱统𨬔遂上疏劾宗周："谋出皇上于凤阳，则南都丰芑，根本所在，将拥立何人以居此乎？"

戊寅，以翊护功封千户常应俊为襄卫伯。

御史刘之渤请从祀来知德于孔庙。

吏部左侍郎吕大器罢。

己卯，吏部尚书张慎言罢。

慎言荐用旧辅吴甡、太宰郑三俊。两人者，皆为诸小人所畏。有旨召甡。是日常朝毕，勋臣群跪而前，指慎言及甡为奸邪，叱咤之声，直彻御座。户科给事中卢万家出班奏："张慎言生平具在，事出草创，或有不明，不可谓有私也。吴甡素有清望，安得指为奸邪？"诸勋臣伏地泣云："慎言举用文吏，不及武臣。"嚣然不已。万象奏："此朝廷也，体统安在？"退而诚意伯刘孔昭上疏劾慎言云："臣见其条陈内伪命一款，谓屈膝腼颜之臣，事或胁从，情非委顺，俟其归正，不必苛议，臣不胜骇愕。又见其荐举吴甡、郑三俊，更为可异。甡受命督师，逗留三月，不出国门一步。殆后遣戍，悠游里居。三俊保用侯恂，丧师蹙地，引用吴昌时，招权植党，此皆万世罪人，何居乎而荐之？慎言原有二心，当告庙决策迎立主上之时，阻难奸辨，人人咋舌，廷臣具在可质。伏乞收回吴甡陛见之命，将慎言之受贿重处，以为欺君误国之戒。"卢万象上言："诸勋臣谓今日用文不用武，皇上有封者四镇矣。新改京营，又加二镇衔矣。武官布列，原未曾缺，何尝不用武臣耶？年来封疆之法，先帝独宽武臣，而武臣之效于先帝者何如乎？祖制以票拟归阁臣，参驳归言官，不闻委勋臣以纠劾也。使勋臣而司纠劾，为文臣者可胜逐哉？"大学士史可法奏："诸勋臣之不欲用甡者，诚虑甡有偏执，则国无全才，臣为甡属吏最久，有以知其不然也。即诸臣知其不可，集公廨言之，可也；具公疏争之，可也。何事痛哭喧呼，声彻殿陛？闻之骄将悍卒，不益轻朝廷而长祸乱耶？昔主辱而臣死，今主死而臣生。凡在臣工，谁能无罪？文臣固多误国，武臣岂尽矢忠？今之累累降贼者，不独文臣为然也。若各执成心，日寻水火，文既与武不和，而文之中又有与文不和者，国家朋党之祸，自此而开；人才向用之途，自此而阻，臣不愿诸臣之存此见也。"甡既不受召，慎言亦罢，扁舟不知所之。

工部尚书程注罢。

辛巳，遥加旧辅谢升上柱国少师兼太子太师；改礼部尚书、御史卢渲工部右侍郎、黎玉田兵部尚书，俱充山陵使，往北祭告。时闻三人建义东省。

京口兵变。边兵于永绶等驻扎镇江，而浙中入卫之兵，召区罗木二营，分扎西门外。边兵尝言四镇以抢杀封伯，吾等之未封者，缘不抢杀耳。是日，边兵攫小儿瓜，相持不让，伤儿颊，罗木兵旁观不平，攒殴之。边兵遂击浙兵，火居民者十余里。常镇道张调鼎檄召区兵往救，守备倭李大开死之。浙兵跟跄南下，其帅持刀斫之，不能止。于是，令浙兵还浙，而边兵亦调仪真。

起徐石麒为吏部尚书。

甲申，赠死难举人张履旋为御史。

履旋，冢宰张慎言之子也。

夺故辅温体仁谥。

体仁，谥文忠。初，体仁得谥，徐忠襄石麒闻之笑曰："也只差一字。若谥为忠，忠则可矣！"言忠于魏阉也。夺命之下，天下快之。而张捷为太宰，以险邪有玷秩宗，参顾锡畴。奉旨：

“故辅体仁清执端重,文忠之谥,出自先帝。顾锡畴如何以私愤议削其原有谥荫,俱准复。”

以总兵黄斌驻防京口。

御史朱国昌劾逃官山东巡抚邱祖德、山西巡抚郭景昌、漕河总督黄希宪。

以御史王燮巡抚山东、总兵邱磊镇守山东。

乙酉,户科给事中熊汝霖催四镇北渡。“四镇恋恋淮扬,逼处此土,忠臣义士有所腼颜而不敢出也。原四镇之来,非止安顿家眷。今既俨然佐命矣,何不鼓行而前,收拾齐豫,恢复北都,郁然为中兴名将,与李晟、郭子仪诸人,并有千古?况一镇之饷,多至六十万,势必不供。即仿古藩镇法,亦当在大河以北,开屯设府,永此带砺,曾奥窔之内,而遽以藩篱视之?”

七月丁亥朔,以刘之渤巡抚四川①、米寿图巡按四川、范矿巡抚贵州。

戊子,命选净身男子。

谥死事旧总督卢象升忠烈。

象升号九台,南直人,崇祯十一年九月,北兵自墙子岭入,象升与阉人高起潜分任东西二路。陛见,象升主战。起潜幸其饱掠而出,托言持重,本兵杨嗣昌阴主之。于是,象升力战,援绝而没。

下部恤死事甘肃巡抚林日瑞。

---

① 四川:此处原无“四川”二字,据文意补。《明史·卷二百六十三》:“时福王立于南京,擢之勃右佥都御史,巡抚四川,已不及闻矣。”

己丑,追复懿文太子谥曰兴宗、孝康皇帝妃曰孝康皇后。追上建文君谥曰嗣天章道诚懿渊功观文扬武克仁笃孝让皇帝,庙号惠宗;后马氏谥曰孝愍温贞明睿肃烈襄天弼圣让皇后;景皇帝谥曰符天建道恭仁康定隆文布武显德崇孝景皇帝,庙号代宗;后汪氏谥曰孝渊谥懿贞惠安和辅天恭圣景皇后。

辛卯,以总兵金声桓驻防淮扬。

加北使左懋第兵部右侍郎兼右佥都御史、马绍愉太仆少卿、兵部职方司郎中陈弘范太子太傅。弘范、绍愉故尝为罪枢陈新甲款北。懋第巡抚应安,闻母变,乞同弘范北去,访母骸骨,因而命之。

壬辰,皇太后至自民间。

太后张氏,非恭皇之元配也。年与帝相等,遭贼失散,流转郭家寨常守文家,马士英遣人迎之至。其后士英挟之至浙,不知所终。或言帝之不早立中宫,而选立民间不已者,太后之故也。

癸巳,赠名臣叶盛吏部尚书,荫罗钦顺一子。

妄人蒋玄上书,自称宜兴硕儒。

御史黄澍请恤长沙推官蔡道宪、钟祥知县萧汉、留守都司沈寿崇、下江防道许文岐。

贼陷长沙,抚臣以下皆窜。道宪挺立被执,降之不屈。又命降将尹先民说之,道宪骂贼三日夜不绝口,贼怒甚,寸磔之,头颈锯断,两瞳子炯炯不瞑。汉,字象石,南丰人,丁丑进士,任满而闻襄藩陷,自请留任以护陵土。壬午冬,贼围钟祥,汉率众死守。明年元旦,城破,贼执之,锁于吉祥寺中。汉书"夷齐死后君臣薄,力为君王固首阳"两语于壁,用剃发刀自刎,血正注字上。寿崇,宣城人,以讦误为巡按李振声所参,杜门候旨。闻贼入城,冠带望北叩首。坐堂上,贼刃①之。文岐为贼所执,求死不得。从贼之众,多黄、麻门人,文岐识之,密约反正,以柳圈为号。谋泄,贼缚文岐斩之。临刑叹曰:"吾所以旦夕不死者,不欲徒死耳!死固分也!"

甲午,谥故辅文震孟文肃、少宗伯罗喻义文介、宫詹姚希孟文毅、大司马吕维祺忠节。

辛丑,万寿节。

癸卯,淮扬巡按王燮报皇太子,永、定二王皆没。

天下人心皆系先帝之后,曰:"吾君之子也。"马士英密令燮伪上此报,以绝人望。观后皇太子之来,则燮之肉其足食乎!

谥王焘忠愍、蔡懋德忠襄。

懋德字云怡,苏州人也,巡抚山西。闯贼渡河,太原陷,懋德死之,而贼遂薄都城矣。后有责备之者,有旨:"太原无十日之守,岂有粮尽援绝之事,社稷丘墟,一死何足塞责?"

乙巳,削故辅温体仁、薛国观、周延儒爵。

夺罪抚熊文灿官。

文灿在福建,曾抚郑芝龙以灭刘香。及巡抚湖广,欲以故智抚张献忠,遂成滔天之祸。

---

① 刃:原文为"□",据《南明史料(八种)》(江苏古籍出版社1999年版)改。

丁未,补开国武臣谥。傅友德武靖、冯胜武壮。

辛亥,降贼阁臣邱瑜伪死,遣其子上书。

下部恤死难翰林简讨马刚中。

刚中河南人,以乡官守城死。

丙辰,马士英使其私人朱统𨰥,参大学士姜曰广。

曰广与士英同官,不稍藉以辞色,士英恨之。有宗室统
𨰥者,希得一官,愿为士英出力。第一疏谓曰广谋立疏藩。
第二疏列曰广五大罪:一、蒙蔽。引用东林死党郑三俊、吴
甡、房可壮、孙晋把持朝政;以刘士贞为通政,阻遏章奏;以
王重为文选,广植私人。二、篡逆。令杨廷麟出强盗于南康
狱,勾连江湖大侠与水营奸弁,窥探南都声息,非谋劫迁,则
谋别戴。三、庇从逆诸臣。四、受贿。五、奸媳。吏科熊开元奏:
"礼义廉耻四字,陵夷至今日荡然尽矣。犹赖士大夫稍知学
问者,画地而蹈,毅然独行,不能裨益邦家,庶可仪型族党。
如曰广者,诚亦其人,而今竟欲以狗彘之行,加孤洁之身,取
秽亵之言,渎君父之听。"户科熊汝霖奏:"辅臣曰广,海内钦
其正直,皇上鉴其忠诚。幺麽小臣,为谁驱除?为谁指使?
上章不由通政,结纳当在何途?内外交通,神丛互借;飞章
告变,墨敕斜封,端自此始。先帝笃念宗藩,而闻寇先逃,谁
死社稷?保举换授,尽是殃民。先帝隆重武臣,而死绥敌忾,
十无一二。叛降跋扈,肩背相望。先帝委任勋臣,而官舍选
练,一任饱飏。京营锐卒,徒为寇藉。先帝简任内臣,而小忠
小信,原无足取。开门迎敌,且噪传闻。所谓前事不远,后事
之师也。"

设东厂。

大学士高弘图奏:"人心易扰,当镇之以安静。"户科给事中熊汝霖奏:"厂卫之害,小人藉以树威,因以牟利。人人可为叛逆,事事可作营求。缙绅惨祸,所不必言;小民鸡犬,亦无宁日。先帝十七年忧勤,曾无失德,而一旦受此奇祸,止有厂卫一节,未免府怨臣民。今日缔造之初,调护尚难,况可便行摧折。"苏松巡抚祁彪佳、御史朱国昌皆争之。

弘光实录钞卷二

八月丙辰朔，日有食之。

戊午，以张有誉为户部尚书。

以杨鹗总督川、湖、云、贵、广西军务。

兵科给事中陈子龙荐举涂仲吉、祝渊。

仲吉，江右人。上书为黄道周颂冤入狱。渊，海宁人。刘宗周去国，渊上书被逮。北都陷，出狱。以其友吴麟征之来，至南都投到。子龙以台谏荐之。有旨："涂仲吉、祝渊，何功于国，优以台谏？俱不准行。"

吏科都给事中章正纯谏中旨。

庚申，史可法加少保兼太子太保，进武英殿大学士、兵部尚书，荫一子锦衣卫指挥佥事，世袭。马士英加太子太师，进武英殿大学士、兵部尚书。高弘图加太子少师，进文渊阁大学士、礼部尚书。王铎加太子少师，进文渊阁大学士、户都尚书。各荫一子中书舍人。

甲子，命惠王住广信。

辛末，福建巡抚张肯堂遣兵入卫。

有旨："命王应华、揭重熙，领兵来前。"

左都御史刘宗周上台员从贼姓名。率先从逆，用事日久，罪在上等者：喻上猷。其次，则仕京而伪命有据者：裴希度、卫贞固、陈羽白、徐必泓、蔡鹏霄、柳寅东、张鸣骏、熊世懿。伪命无据或拷或逃者：陈昌言、冯垣登、周亮工、刘令尹、朱朗鑅、金毓峒、魏管、李植、吴邦臣、张茂爵、伦之楷、赵譔、汪承诏、郑其勋。在差而逃者：河南苏景、山东余日新、长芦向北、巡仓徐养心、巡抚漕沈向、巡盐杨仁愿。或逃或叛尚无下落者：真定刘显章、宣大杨尔铭、山西汪宗友、甘肃傅景星、河东成友谦、茶马徐一伦、陕西黄耳鼎。而鼎耳为马士英私人，方藉以搏击。于是，上章力辨，谓此案不可据。有旨："从逆何事？妄以加人！"其后李沾重定七款。一曰从逆必诛：伪吏政喻上猷，伪庶常裴希度，伪防御陈羽白、张鸣骏，伪巡城涂必泓、张茂爵。其次，传闻从贼未有的据者：熊世懿、柳寅东、蔡鹏霄、吴邦臣、卫贞固、徐一轮。一曰误参宜辨：杨仁愿、李植、魏管。一曰惨死宜恤：冯垣登削发触贼怒，夹死；俞志虞为土贼所杀；陈昌言、赵譔，夹死。一曰差满可原：成友谦、汪宗友、杨余铭、余日新。一曰路阻宜留：傅景星、黄耳鼎、徐养心、向北、刘显章。一曰未任宜录：周亮工、刘令尹、朱朗鑅，皆御贼全城。行取提授，遇变潜身。一曰弃宦宜宥：江承诏、郑其勋、金毓峒，不污伪命而逃。

壬申，营建西宫以奉太后。

东阳复乱，寻讨平之。

癸酉，马士英以其姻越其杰总督河南。

以樊一衡总督川、陕。

四川总兵赵光远降贼。

兵科给事中陈子龙自练水师入卫，以职方司主事何刚统之。

先是，贼逼京畿，子龙与长乐知县夏允彝、主事何刚，欲联络海舟直达津门。因倡义募练水师，得二千人，而子龙由是为士英所忌。

甲戌，改兵部主事凌炯巡按山东御史。

四镇参大学士姜曰广、左都御史刘宗周。

曰广奏："迎立圣躬，花押在簿。祭庙撰文，监国草诏，墨迹未干。镇臣身不与事，岂得而悉之乎？臣在先朝，丙子回籍，壬午补官南都。旧岁腊月，始来抵任，今追误国，一切握兵者不问，柄政者不闻，独悬坐山中一书生，臣不服也。梃击一案，臣昨察国史，系乙卯五月。其时，臣尚为诸生，臣之丁仕版，在皇祖己末年也。会议红丸，属熹庙壬戌五月事，臣时先以辛酉五月，庶常给假归籍矣。履历年月，可覆而按也。两案之事，与臣无与。今俱无据牵合，臣不受也。"

己卯，旧辅王应熊倡义蜀中，以阁衔改兵部尚书，总督川、湖、云、贵，赐尚方剑。

马士英使其私人朱统𨯯参礼部郎中周镳、武德分备道雷缜祚，逮之。

士英奏："科臣光时亨，力阻先帝南迁之议，而身先从贼。龚鼎孳降贼后，每见人则曰：'我固欲死，小妾不肯。'小妾者，为科臣时所娶秦淮娼妇顾媚也。他如陈名夏、项煜等，不可枚举。台省辞纠弹，司冠不行法，臣窃疑焉。又大逆之尤者，如庶吉士周钟劝进未已，上书于贼，劝其早定江南。又差家人寄书二封其子，一封则言尽节死难，一封则称贼为新主，盛夸其英武仁明及恩遇之隆,以摇惑东南。昨臣病中,东镇刘泽清诵其劝进表一联:'比尧舜而多武功,方汤武而无惭德'。又闻其过先帝梓宫之前,洋洋得意,竟不下马。微臣闻之,不胜发指。其伯父周应秋、周维持,皆为魏忠贤门下走狗,本犯复为闯贼忠臣。枭獍聚于一门,逆恶钟于两世。按律谋危社稷者,谓之谋反,大逆不道,宜加赤族之诛,以为臣子之戒。今其胞弟周铨,尚厕衣冠之列;其堂弟周镳,俨然寅清之署,均当从坐,以清逆党。"

臣按:士英此疏,为杀周镳张本也,故与朱统镴之疏先后上。士英既翻逆案,欲立从贼一案,与之为对。其言曰:"今之稽首从贼、身污伪命者,皆昔之号正人君子者也。"而以周钟为首者,以复社诸人尝号于人曰:"吾辈嗣东林而起。"不知复社,不过场屋余习,与东林何与哉!礼科袁恺奏:"枢辅之言,诚无深意。然恐险人乘间,阳为正人口实,阴为逆案解嘲。甚且借今日讨贼之微词,为异日翻逆之转语,不至于坏国事而倾善类不已。"夫枢辅所称号为正人君子者,非所指光时亨、龚鼎孳、陈名夏、周钟、项煜其人乎?时亨、鼎孳,班行未久,建白自喜,其究竟为正人君子与否,未有定论也。名夏与钟,雕虫小技,故未尝有正人君子之目。若项煜者,逆珰余孽,自知公论不容,改头换面,求附清流,君子鄙之。若居恒既负正人君子之称,临难又著捐躯慷慨之节,臣所闻倪元璐、李邦华、范景文、施邦耀、凌义渠、马士奇、吴麟征、吴甘来、成德、金铉诸人。天下方以是信正人之不虚,嘉君子之足藉,顾独举一二偷息之游魂,疑两间充塞之正气,臣窃不甘为君子受也。臣就以钟事论之,其罪亦不过随例从贼耳。举朝从贼,而独归重一新进之庶吉士,又何其视钟太高也? 至于士英疏中之言,则为其乡人徐时霖所造。初,钟与其从兄镳以门弟子相高,汲引既广,败类入焉。两家遂分门户,彼讪此谤,两家弟子相遇于道,不交一揖。镳之门人,以徐时霖为魁。北都变后,时霖利钟之败,造为恶言,用相传播。而镳者,阮大铖贸首之仇也。大铖欲杀镳而不得,遂以钟事中镳。是故时霖为镳而啮钟,反因钟以害镳。大铖无心于杀钟,反因镳以累钟,事之不可知,如斯也。钟之就逮,臣遇之句容道中。诸臣欲辨其诬。臣曰:"子之诬辨之于君子易明也。今欲杀子者,岂君子乎? "钟曰:"士英不欲杀某也,某之兄弟与士英有故;士英之母知士英之欲杀某也,不食者数日,必不使其杀某也。"臣曰:"其可哉! 岂知士英之爱母竟不如其爱大铖也。"雷缜祚母忧家居,定策之际,倡言福王不孝,不宜主鬯。士英欲以此两加之史可法者,不得不试之缜祚耳!

赠吴三桂之父襄辽国公、谥忠壮。

庚辰,皇太后谕选中宫。

辛巳,起罪官王永吉总督山东。

永吉以蓟辽总督,坐视神京之陷,腆颜于世,犹可谓之才乎? 当其巡抚山东,一时颇有虚名。癸未,臣在刘宗周之座,徐石麒有书盛称永吉。宗周谓臣曰:"虞求失人矣。"由今视之,不能不服宗周之先见也。

癸未，以皇太后至，加史可法少傅兼太子太傅，马士英少保兼太子太师，高弘图、姜曰广、王铎俱太子太保。

谥死事巡按湖广御史刘熙祚忠毅。

熙祚武进人，崇祯辛未进士。献贼破永州，被执。十六年九月二十七日，殉节于永阳。赋诗二章，题于署中。诗云："倥偬军旅已逾年，家室迢遥久别颜。南北骷髅已作垒，湖湘宫殿倏成烟。鹃血不成无冢骨，乌啼偏集有狐田。死生迟速皆前定，坚此丹心映楚天。故园隔别已经年，今颜非复旧时颜。山川草木俱含泪，貔虎旌旗尽作烟。老妇漫劳成蝶梦，儿孙切莫种书田。苌弘化碧非豪事，留此孤忠向九天。"

恤北变死节诸臣。正祀文臣二十四人：范景文赠太傅，谥文贞。倪元璐赠太保，谥文正。李邦华赠太保，谥文忠。王家彦赠太子少保，谥忠端。孟兆祥赠刑部尚书，谥忠贞。施邦耀赠左都御史，谥忠介。凌义渠赠刑部尚书，谥忠靖。周凤翔赠礼部左侍郎，谥文节。马世奇赠礼部右侍郎，谥文忠。刘理顺赠正詹事，谥文正。汪伟赠少詹，谥文烈。申嘉胤赠太仆寺少卿，谥节愍。吴麟征赠侍郎，谥忠节。吴甘来赠太常寺卿，谥忠节。王章赠大理寺卿，谥忠烈。陈良谟赠太仆寺少卿，谥恭愍。陈纯德赠太仆寺少卿，谥恭节。许直赠太仆寺卿，谥忠节。成德赠大理寺卿，谥忠毅。金铉赠太仆寺少卿，谥忠节。卫景瑗赠兵部尚书，谥忠毅。朱之冯赠右都御史，谥忠壮。生员许琰赠五经博士。布衣汤文琼赠中书舍人。正祀武臣七人：刘文炳赠太师桓国公，谥忠壮。张庆臻赠太师惠安侯，谥忠武。李国祯赠太子太师襄城侯，谥忠武。刘文耀赠太保，谥忠果。巩永固赠少师，谥贞愍。周遇吉赠太保，谥忠武。吴襄赠辽国公，谥忠壮。正祀内臣一人：王承恩谥忠愍。正祀女子九人：成德母张氏赠淑人。金铉母章氏赠恭人。汪伟妻耿氏赠恭人。马世奇妾朱氏、李氏，赠孺人。刘理顺妻万氏、妾李氏，赠淑人。陈良谟妾时氏，赠孺人。吴襄妻祖氏，赠夫人。附祀文臣七人：孟章明赠河南道御史。徐有声、顾鋐、彭管、俞志虞，俱赠太仆氏少卿。徐标赠兵部尚书，朱廷焕赠右副都御史，俱谥节愍。附祀武臣十五人：顾肇迹、杨崇猷、薛濂、徐锡登、郭培民、宋裕德、邓文明、朱时春、朱纯臣、孙维蕃、吴道周、王先通、张光灿、方履泰、李国禄，各晋爵一级。内员六人，李凤翔、王之心、高时明、褚宪章、方正化、张国元。

范景文，号质公，北直吴桥人。万历癸丑进士。天启五年，任吏部考功司郎中。时魏广微以宦者宗人入相，书台省黄忠端、李应升、周宗建等八人姓名，授太宰，使谪之曰："此八司马故事也。"景文争曰："八人何罪？"广微曰："党人。"景文曰："此杀人媚人之事，非景文所能也。"于是引疾归。崇祯十四年，累迁至南京兵部尚书。又二年，进东阁大学士。贼至，景文忧愤不食，城陷自缢，家人救之，复赋诗二首，冠带投井。

倪元璐，字玉汝，上虞人。天启壬戌进士。选入为庶常，散馆时，上虞有两庶吉士。其一陈维新，例补一人于外，而元璐有文名，维新乃以其再娶事诘之。臣父黄忠端持不可，乃已。魏忠贤败，其余党杨维垣等犹持三案之说，以诬君子。元璐奏："要典为魏氏之私书，请毁之。"毅宗曰："可。"于是小人侧目。诚意伯刘孔昭复讦其再娶之事，遂归。已而起户、礼两部尚书兼翰林院学士。彰仪门失守，有诏召入，密语移时而出。城陷，元璐绯衣，南北拜，至关壮缪像前，酌酒酹之讫，而自酹。出坐堂上，书其几曰："宗社至此，死当委我沟壑，以志其痛。"自经于坐。当议谥之时，刘宗周欲以文忠谥之，而元璐之弟元瓒必得文正为荣，孔昭复狺狺不已。嗟乎！孔昭固小人之论，然不如文忠之于元璐宜也。

王家彦，号同五，莆田人也。协理戎政兵部右侍郎。闯贼围城，家彦以京营兵守安定门。贼入，家彦欲战，而士卒无应者，乃望阙叩头哭曰："臣无以报皇上矣。"从城上掷身而下，手足俱折。家人扶入民舍，家彦解带自缢。带断不死，复缢乃绝。或曰守德胜门，贼入持刀胁之，不肯降，见杀。

李邦华，号懋明，吉水人也。为物望所归。天启间，江右士人借阉人以起复，时邦华在外，臣父黄忠端叹曰："使李懋明而在，江右之祸不至此"。崇祯末，起为左都御史。城破，大书于门版曰："堂堂丈夫，圣贤为徒。忠孝大节，矢死靡他。"自经死。

孟兆祥，号肖形，山西泽州人。壬戌进士。以忤阉削籍，起历刑部右侍郎，自缢于公署。或曰守正阳门，贼至，死城下。子章明，字显之。癸未进士，从死。

施邦耀，号四明，余姚人也。己未进士，左副都御史。邦耀城守，贼入，道梗不得还寓，入民舍自缢。居民恐累之，解其悬。入他舍又缢，他舍民又解之。邦耀取砒投烧酒，饮之，乃死。绝命诗曰："惭无半策匡时难，惟有一死报君恩。"当邦耀求死不得时，叹曰："忠臣固不易做。"

凌义渠,字骏甫,乌程人。乙丑进士,大理寺卿。三月十九昧爽,闻召对,趋长安门,拱立待旦,门不启,乃还。有传毅宗出奔者,义渠往从之。已闻升遐,归寓上书其父。谓家人曰:"吾死,题棺称①死节孤臣凌义渠之枢。"绯衣而缢。

吴麟征,号磊斋,海盐人。天启壬戌榜下,梦入神祠中,一人伛而书碑,视之,乃文文山"山河破碎、身世浮沉"之句。问其人,曰:"隐士刘宗周。"觉而报榜者适至。当是时,麟征故不识刘宗周,有言此山阴讲学刘先生也。宗周在仪曹,麟征遂北面为弟子。崇祯十六年,转刑科都给事中。明年三月初七日,升太常少卿。十五日,守西直门。十七日夜,本兵张缙彦遣二卒欲出,麟征诘之,语塞而去。明日,麟征欲见上言事,漏下二鼓,吏部侍郎沈惟炳讥禁行者,麟征不顾。遇大学士魏藻德于朝,藻德曰:"公何惶遽如是耶?国家如天之福,岂有他虞!"宦者数十人佩刀离立殿陛间,麟征度不得见,乃出。十九日,得胜门破,麟征自经。从者解之,麟征曰:"得一见天子而死,未为晚也。"出门,贼兵载道,不得前。乃入左三元祠,仰视屋梁曰:"吾终此矣!"从者皆哭。夜半又自经,从者又解之。麟征曰:"误我!误我!"已而其友祝渊至,渊涕泣不能仰视。麟征叹曰:"子亦忆我榜下之梦乎?是命也夫!是命也夫!而又奚悲?"明日,缢乃死。南都初立,刘宗周为左都御史,臣之友陆符曰:"吴忠节之梦,业身验之矣!御史大夫免乎哉。"臣曰:"请御史大夫志忠节之墓,臣襄之可乎?"

---

① 称:原文为"和",据《南明史料(八种)》(江苏古籍出版社 1999 年版)改。

于是宗周遂为麟征墓表,乃宗周终殉国难。是命也夫! 是命也夫!

周凤翔,号巢轩,山阴人。戊辰进士,左春坊左庶子,自经死。父母俱在。遗诗有"碧血九天依圣主,白头双老恋忠魂"之句。

马世奇,字君常,无锡人。左春坊左谕德。毅宗崩,次日,世奇沐浴更衣,设香案于庭,杂陈《周易》《金刚经》、官印、牙牌其上,稽首谢恩。复遥拜其母。家人环泣曰:"太安人在,未可死。"世奇曰:"正恐留此身为太安人玷耳!"以纱帨自经。二妾朱氏、李氏从死。大书于壁云:"马世奇同二妾殉节于此"。

刘理顺,号湛六,开封杞县人。左春坊①左中允。城陷,趣命治棺,妻万氏、姜李氏愿及公之未暝而死,皆缢。理顺视其既绝,拜之,自为赞曰:"成仁取义,孔孟所传,文信践之,吾何不然,既掇巍科,岂可苟全? 三忠祠内,不愧前贤!"已而自缢。幞头平脚,碍环不得入,乃脱平脚,口衔之,引颈入环,然后取平脚施于幞头而卒。

汪伟,字长源,休宁人。翰林院检讨。贼犯三辅,伟流泪谓客曰:"国事去矣!"客令乞归以免。伟曰:"伟既言之,曷敢逃死?"三月十八日,呼门者,以六岁儿授之,曰:"城破,我当死,以是儿累汝。"门者泣诺而去。明日,伟与妻耿氏同缢,书其壁曰:"身不可辱,志不可降。夫妻同死,节义成双。"伟

---

① 左春坊:原文为"□□坊"。

悬于右,耿氏悬于左。耿氏曰:"左右失序,不可。"改悬而没。

申佳胤,字井眉,广平永年人。太仆寺丞。贼势渐逼,朝臣多藉事引去。胤行部畿县,或劝之不返。胤曰:"天下事坏于贪生畏死,死于疾、死于利、死于刑戮、死于房帷争斗,均死也。数者宁死不惜,遇君父大节,缩首垂泪求免,此真不善用死矣!"三月十二日入都,十八日戒严,为其子煜行冠礼。闻毅宗崩,出至王公厂,遇井投之,仆号其上,佳胤井中应曰:"归慰太安人,君亡与亡,有子作忠臣,勿过恸也!"

吴甘来,字和受,江西新昌人。户科都给事中。与汪伟约死。绝命诗有"到底谁遗四海忧"之句。

王章,字濮臣,武进人也。陕西道御史。与光时亨守城,贼入,章犹亲发二矢伤贼,已而九门炮声俱寂。章谓时亨曰:"事急矣,其归死于帝所。"时亨欲易青衣,章曰:"不可。苟易冠裳,仓卒得死,官不官卒不卒矣。"章与时亨联骑而行。贼掩至,呵道时亨下马。章曰:"视兵御史,孰敢叱之!"贼攒槊①而去。日暮,家人得尸于女墙下。怒目张口,一手据地,疑以为生也。章尝读书陈司徒庙中,梦与司徒分庭而揖。司徒曰:"忠孝吾与公等。"司徒故尝以武功谥烈者。

陈良谟,号宾日,鄞人。四川道御史。崇祯十一年,臣父黄忠端易名之典久稽,良谟独上章言之。城陷,赋诗曰:"中天悬日月,四海所毕照。倏而阴霾昏,日月失常道。仰观我明明,薄蚀一时变。"书至此,忽飙风袭牖,乃续云:"电风自南来,光

---

① 攒槊:原文为"攒□",据《明史》改。《明史》:"贼怒,攒槊刺杀章而去。"

复天心见。大夫百执事，其谁忘明君？愧余沉痾久，床笫淹数旬。背城孰尽瘁，巷战杳无声。如何社稷灵，懵尔顺民形。载舟亦覆舟，古今同一辙。顺民即逆民，参观非一日。苍苍不可问，国亡吾何存？誓守不二心，一死报君恩。大明监察御史陈良谟书于贼陷北京之日。"妾时氏请同死。时氏腕弱，结绳不能急，良谟助之。时氏绝气，良谟腕力亦尽，不能自结，乃命其家人结之，曰："所以成吾美也"。

陈纯德，号澹玄，零陵人。福建道御史。督学顺天，行部至遵化，道梗，乃返京师，自经。

许直，字若鲁，如皋人也。考功司员外郎。传闻天子从齐化门出奔，直往从之，贼兵塞路，乃归而觅死。家人以父在，阻之。直曰："曩父寓书于直，云：'无忝厥职，便是孝子。天下有君死臣生，谓之无忝者乎？'然则今日之死，父命之矣。"于是，叩头君父，作绝命诗。使奴入室取绳环之，奴手战不能直，挥之，自缢。

成德，字玄升，山西霍州人。辛未进士，知滋阳县事。尚气好陵权贵。文震孟入相，道中不受郡县私谒，过某县独见成德，德亦无所推让。搤腕而谈，臧否人物，取其姓名甲乙之，震孟遂书其甲乙者以入。时温体仁当国，凡由体仁而进者，皆德之所乙。体仁知之，以事中德下狱。德母张氏日诣长安门，朝官出入，涕泣诉之。会体仁出朝，张氏攘臂索体仁下车，挽须而呵问之。体仁惶急不得脱，乃谢去。天子亦知德无他罪，赦之，起为武库郎中。李贼围城，德谓马世奇曰："主忧臣辱，主辱臣死。吾等不能匡救，贻祸至此，惟有一死耳。豫订斯盟，毋忘息壤。"城破，张氏自缢，德妻及妹皆从死。德乃持只鸡盂酒，如东华门临哭帝丧，触阶死丧之旁。

金铉，字伯玉。家于辇下，以谏黄道周狱被杖。起兵部主事，巡视皇城，贼入，母章氏自缢，铉入紫禁城，投御河死。

卫景瑗，陕西韩城人。巡抚大同，城破，执之不屈，被磔。

朱之冯，号勉斋，徐州人。巡抚宣府，城破，不屈，被磔。

许琰，字玉重，长洲诸生也。闻北变，自缢于福济观。道士解之，又投胥江。会潞王泊舟，使人出之，终以呕血卒。

汤文琼[①]，世居都下，城陷，自经。书其衣带云："位非文丞相之位，心存文丞相之心。"

新乐侯刘文炳、右都督刘文耀，任邱人，毅宗皇太后之侄也。贼入，文炳曰："为国世臣，岂可学卑门偷活？"阖室死于水火，而藏其祖母瀛国夫人生皇太后者于其客申湛然。湛然以爨婢畜之，贼从湛然求瀛国，榜笞数百，以碾石压之，至死不言瀛国所在。

张庆臻，仁宗昭皇后之外戚也。自缢。

李国祯，字朝瑞，总督京营。先破城之四日，国祯走马见上曰："守陴者不用命，执扑以挟之，一人起，一人复卧，可奈何！"二十一日，贼得国祯，国祯因言三事：一、陵寝不可废；二、葬大行以天子之礼；三、善护皇太子、诸王。当是时，帝后皆敛以柳棺，始命以梓宫易之。四月初二日，为先帝发丧，百官莫临，国祯徒跣执绋，送于田园，突而缢。

---

① 汤文琼：原文为"汤琼"，据计六奇《殉难臣民》改。

巩永固，字弘图，尚光宗公主，以驸马都尉加少保。喜文学，尝上疏为逊国诸臣请谥。崇祯十六年，公主卒，城陷，枢犹在堂，永固驱诸女入，闭而焚之。大书"世受国恩，身不可辱"八字，然后自缢。

周遇吉，宁武总兵官。副将熊通以二千人遏贼河上，贼渡而通降。通即为贼说遇吉，吉斩之。二月十三日，贼围宁武，遇吉出城，杀贼过当；又伏兵巷内，开门诱贼入而杀之。贼愤甚，悉力攻之。城陷，为贼所磔。其妻刘氏登墉射贼，箭无虚发。贼围火烧之，无一人出者。贼至北京，每摇手谓人曰："汝朝若再有一周总兵，吾辈安能到此？"

王承恩，太监也。贼以芦席覆帝丧于东华门外，承恩见贼，痛哭争之。时本兵张缙彦在侧，承恩骂之曰："汝误国至此，不思速殡大行，而偃身劝进乎？"缙彦曰："何与我事。"承恩连批其颊，以头触之，遇害。

王之心，大兴人，司礼监太监。毅宗缢煤山树上，之心即于绳尾从死。

按：毅宗为社稷而死，其于晋、宋蒙尘之耻，可谓一洒矣。当是时，乃不召群臣俱入，而与内侍自经，尽美未尽善也。

徐有声，字闻复，江宁人，户部郎中。

顾鉉，兵科给事中。

彭管，工科给事中。

俞志虞，御史，为土贼所杀。

徐标，真定巡抚。知府方茂华闻贼警，豫出其家属，标下茂华于狱。其叛将劫标至城外，杀之，出茂华而降贼。

朱廷焕，大名兵备副使。贼传檄入城，廷焕碎之。三月初四日，城破，被杀。

吏科都给事中章正宸谏起张捷。张捷，丹阳人，故逆党也。魏国公徐弘基以疏起之，使佐铨政。有旨："解学龙荐叶秀以主事，批升都察院堂上官，群臣寂无一言，今批用张捷，便有议论，是何情故？"

乙酉，封郑芝龙为南安伯。

起逆案阮大铖为添注兵部右侍郎。

大铖陛见以后，争者不止，亦遂迟留，至此而假安远侯柳祚昌之疏起用。职方司郎中尹民兴奏："崔、魏之潜移国祚，何殊逆闯之流毒京华？在此不诛，在彼为用，则凡不忠不孝者，皆得连苞引蘗，移乱天子之庭，是育蛇虺于室中，而乳豺狼于春圃，臣切切知其不可也。申罪讨逆，司马职也。逆莫大于党乱，罪莫大乎无君。抗颜堂上者，一当年助逆之人，即行檄四方，何以折服群贼之心，而销弭跋扈将军之气？古者破格求材，虽曰使贪使诈，不闻使逆。逆案可翻，崔、魏亦可恤，闯贼亦可封，人亦何惮而不为乱臣贼子哉！"左都御史刘宗周奏："大铖进退，关系江左兴衰。"有旨："是否确论，年来国家破坏，是谁所致？而独责一大铖也！"

九月戊子，黄蜚改防江上。

补谥辽阳阵亡总兵杜嵩武壮。

庚寅，黄得功、高杰相攻。杰请于督辅，欲将家眷安寓扬州。得功发牌争执，谓扬州督辅驻节，非诸镇宜居，以数百骑疾趋扬州。杰即发兵邀得功于路，又出奇师以袭仪真。史可法、万元吉与阉人卢九德，百计解息，然后已。

郑鸿逵改防采石。

癸巳，叙江北劳。马士英加少傅，进建极殿大学士；卢九德加一级，各荫锦衣卫指挥佥事世袭一人；黄得功、刘良佐各加一级，荫一子锦衣卫千户世袭；丁启浚免充□□官，加升一级，荫一子，入监读书；史可法加少师；越其杰加兵部右侍郎。

左都御史刘宗周罢。

大学士姜曰广罢。曰广辞疏云："臣闻王者奉三无私以治天下，故爵人于朝与众共之。祖宗会推之典，所以行之万世无弊也。昨者翻逆案之举，导内侍而废会推，此尤不可之大者也。夫斜封墨敕，口敕处分，种种覆辙，载在史册，可复视也。臣观先帝之善政虽多，而以坚持逆案为盛善；先帝之害政亦间出，而以频出中旨为乱阶。用阁臣，内传矣；用部臣、勋臣，内传矣；选大将、选言官，内传矣。他无足数，论其尤者。所得阁臣，则贪淫巧滑之周延儒，逢君殃民奸险刻毒之温体仁、杨嗣昌，偷生从贼之魏藻德也。其所得部臣，则阴邪贪狡之王永吉、陈新甲也。其所得勋臣，则力阻南迁尽撤守御稗狂之李国祯也。其所得大将，则纨袴支离之王朴、倪宠辈也。其所得言官，则贪横无赖之史𦱤、陈启新也。凡此皆力排众议，简自中旨者也，于其后效亦可睹矣。皇上亦知内传之故乎？总缘鄙夫热心仕进，一见摈于公论，遂乞哀于内廷。既在内廷，岂详外事？但见其可怜之状，听其一面之词，遂不能无耸动者。

而外廷口持清议之人，亦有贪婪败伦之事，授之口实，得以反唇。而内廷遂以为攻之者尽皆如是也。间以其事密闻于上，又候上之意旨从授之。于是创一秘方，但求面试。至于平台一对，演习旧文之中窍，膏唇溜舌之投机。立谈取官，同登场之戏剧；下殿得意，类赢胜之贩夫。小人何知，求胜而已。阴夺会推之柄，阳避中旨之名。臣昔痛心此弊，亦于讲义敷陈。但以未及扬言，至今犹存隐恨。先帝既误，皇上岂堪再误哉！孟子曰：'人不足与适也，政不足与间也。'易曰：'正其本，万事理。'天威在上，密勿深严，臣安得事事而争之？但愿皇上深宫有暇时，取《大学衍义》《资治通鉴》视之。周宣、汉光武，何以复还前烈？晋元、宋高，何以终狃偏安？武侯之出师征蛮，何惓惓于亲君子、远小人之说？李纲之受命御虏，亦何以切切信君子勿比小人为言？反复思维，必能发圣心之天明，破邪说于先觉。夫然后耻可得而洗，中兴可得而期也。皇上与其用臣之身，不若行臣之言，不行其言而但用其身，是犹兽蓄之以供人之刀俎也。臣待罪纶扉，仰体圣眷，意主和衷，事从退让。然而朝廷未肃，风俗未改，兵民之疑惑未解，江河之备御仍疏。人望未孚，贪风渐长。兼以北方近事，驱虎进狼，半壁东南，仍同幕燕。愧死无地，终夜拊膺，而噍责臣者固已至矣。昨日江南一门人面告微臣蒙恩简用，田夫传闻，举手相庆。今既一月，未见新恩，大失所望。臣略引道前疏，门人变色不语。又原任吏垣熊开元亦出臣门，以近日用人少失□□，盛讥督辅忠勤王家，臣所心折。亦以未停逆案，遂为臣乡台臣郭维经所纠。皇上即此数事观之，臣若依违苟且，容头过身，则操戈向臣者,何必不在臣门哉? 有党无党,自无逃于明照,而臣之此处良苦矣! 苟好尽言,终蹈不测之祸;聊取充位,又来鲜耻之讥。臣今诚病,郁郁居此,虢虢其来,但恐求病而死,又岂可得哉?"

革巡按湖广御史黄澍职。

辛丑,补谥逊国文臣七十五人:翰林侍讲方孝孺文正,翰林修撰王叔英文忠、修撰王艮文节,户部侍郎卓敬忠贞,礼部尚书陈迪忠烈,兵部尚书铁铉忠襄,刑部尚书暴昭刚烈,礼部侍郎黄观文贞,户部侍郎卢迥贞达、郭任清毅,刑部侍郎胡子昭介愍,都御史茅大芳忠愍,御史大夫练子宁忠贞、景清忠烈,都御史陈性善忠节,金都御史周璇肃愍,右拾遗戴德彝毅直,大理寺少卿胡闰忠烈、寺丞邹瑾贞愍,太常寺卿黄子澄节愍、少卿卢原质节愍、廖升文节,刑部尚书侯泰勤贞、侍郎金有声翌愍、张昺节愍、主事徐子权贞确,兵部尚书齐泰节愍、侍郎边升果愍、郎中谭翌贞愍、主事樊士信庄愍,刑科给事中黄钺忠献、叶福节愍,户科都给事中陈继之庄景、韩永庄介,御史曾凤韶忠毅、魏冕毅直、高翔忠愍、甘霖贞定、王彬忠庄、王度襄愍、谢升贞勤、丁志芳贞定,春坊大学士林右贞穆,编修陈忠文愍,户部主事巨敬毅直,宗人府经历宋征直愍,太子赞善连楹刚烈,御史林英毅节,浙江按察使王良贞毅,江西副使程本立忠介,陕西佥事林嘉猷穆愍,徽州知府陈彦回惠节,苏州知府姚善思惠,松江同知继瑜庄节,知沛县颜伯玮忠惠、子有为孝节,知乐平县张彦芳庄愍,知萧县郑恕惠节,知献县向朴惠庄,沛县主簿唐子清节义、典史黄谦果义,东平州吏目郑华贞庄,漳州教授陈思贤贞愍,济阳教谕王省贞烈、子夔州通判王祯孝节,谷府长史刘璟刚节,衡府纪善周是修贞毅,燕府长史葛诚果愍,宁府长史石撰贞愍,晋府长史龙镡忠愍,辽府长史程通端直,燕府伴读俞逢辰忠愍,参军断事高巍忠毅、杜奇贞直。武臣十七人:魏国公徐辉祖忠贞,越嶲侯俞通渊襄烈,都指挥杨松壮愍、谢贵勇愍、彭二武壮、马宣贞壮、朱监壮烈、瞿能襄烈、宋忠壮愍、孙参勇愍、庄得勇愍、张皂旗英烈、俞琪翼愍,指挥宋瑄果节、张伦贞勇、崇刚壮愍,燕山卫卒储福贞义。女子六人:方孝孺妻李氏贞愍,王艮妻贞烈,储福妻范氏孝节。文臣修撰吴成学,尚书张紞、徐贞,侍郎毛太、黄魁、徐垕,侍读楼琏,金都御史司郎中柳一景、张安国,主事刘原弼,巡抚黄清,御史程公智、王玭、韩郁,大理丞彭与明、刘端、王高,中书何申、高逊志,博士黄彦清,监副刘伯完,参政郑居贞、陈周,按使李文敏、黄直,金事胡子义,知府黄希范、孙镇、王琎、杨任、叶惠仲,同知石允、顾尝,典史周缙,知州蔡运,教谕刘固、丰寅初,训导林大同、郑士达,断事钱芹,长史邹朴,举人刘政,诸生高贤宁、王志、伍性原、陈应周、林珏、邹君默、曾廷瑞、吕贤,布衣俞贞木、王稌、王宾、杨福、袁杞山、刘国、谭仕谨等。武臣长兴侯耿炳文,历城侯盛庸,滦城侯李贤,驸马都尉梅殷、耿璇、胡观、李祺,都督同知陈质,都督廖铺、廖铭、平安、孙岳、耿𤩽、宁忠、陈晖、潘忠、徐凯,都指挥彭聚、卜万、楚智,指挥卢振、滕聚、赵谅,镇抚杨本、徐让、卫健、小马、王曾浚、周拱元,千户倪谅,戍卒龚翊、瓦剌耀等。内臣胡伯颜,官职无考卢振、梁良用、郭良、马坤、朱进、王墀、陈子方，河西佣、补锅匠、冯翁、王公，东湖、乐清、耶溪三樵夫，云门僧、洞庭居士、雪庵和尚等。从亡诸臣翰林史彬、程济、赵天泰、郑洽，侍郎廖平、金焦，郎中梁玉田，司务冯潍，御史叶希贤，中书梁良玉、梁中节、宋和、郭节，监正王之臣，尚书严震直，教授梁杨、应能，镇抚牛景先、王资、刘仲、太监段实、何洲、周恕、长寿、吴亮等。妇女王叔英妻并二女，戴德彝嫂项氏，齐泰女，铁铉二女，孙安国妻，黄观二女，龚泰妻，郑恕二女，王省女，谭翼妻邹氏，林英妻宋氏等，皆附祀表忠祠。

臣按：革除之事，简编杂出，错误甚多《献征录》载：王艮，北师薄都城，群臣多往迎附，艮独闭门痛哭，与妻子诀曰："食人之禄者，死人之事，吾不复生矣！安能顾若等？"遂自鸩死。然艮没在建文三年，解缙之墓表可证也。此文节之谥，亦甚无谓。林右字公辅，以字行，王府教授。《三台文献录》可证也。此云春坊大学士，所当改正。至于《致身录》《从亡随笔》，皆伪书不足信，礼臣尚多从之。《致身录》托名翰林史彬作，吴宽表史鉴之墓，书其曾祖彬未尝入仕，则伪不待辨矣。

夺靖难大学士胡广谥。

谥靖难左都御史陈瑛丑厉。

癸卯，以王滧巡抚登莱。

以总兵牟文绶镇守荆州。

以王允成为岳州总兵官。

谥沈子木恭靖，沈儆玠襄敏。

子木于楚宗之事，犯清议，以逢迎一贯。儆玠亦不足道，其谥，以孙胤培长吏垣也。

甲辰，起黄道周为礼部尚书兼侍读学士，协理詹事府事。

宗室华堞联络楚寨。

补谥直谏名臣御史蒋钦忠烈，给事中周玺忠宪，兵部主事陆震忠定，工部主事何遵忠节，刑部主事刘较孝毅，行人孟阳忠定、李绍贤忠端、俞廷瓒忠愍、詹寅忠宪、李翰臣忠毅、詹轼忠洁、刘平甫忠洁，评事林公黼忠恪，锦衣卫经历沈炼贞肃、指挥张英忠壮，左佥都御史左光斗忠毅，应天巡抚右佥都御史周起元忠惠，左谕德缪昌期文贞，御史黄尊素忠端、李应升忠毅、周宗建忠毅、袁化中忠愍，给事中周朝瑞忠毅，工部郎中万燝忠贞，副使顾大章裕愍。

补谥开国文臣翰林学士陶安文宪，御史中丞章溢庄敏，左春坊大学士解缙文毅，太子正字桂彦良敬裕，训导叶居升忠愍，翰林承旨詹同文宪，处州总制孙炎忠愍、胡深襄节，左司郎中王恺庄愍，太平知府许瑗惠节，祭酒刘崧恭介，兵部尚书唐铎敬安，韩国公李善长襄愍，武臣郢国公冯国用武翼，济国公丁德兴武襄，德庆侯廖永忠武勇，定远侯王弼武威，长兴侯耿炳文武愍，东莞伯何直恭靖，永义侯桑世杰忠烈，河间郡公俞廷玉武烈，东胜侯汪兴武愍，东海郡公茅成武烈，枢密同知丁普郎武节，都指挥使韩成忠壮，太平院判花云忠毅。

乙巳，以定策功，加朱国弼保国公。

逮浙江安抚御史左光先，光先不受逮。

有旨："姚孙棐前以贪横激成许都之变，尚敢搜变贼产，日事诛求，又激成大变，罪不容诛。左光先力庇贪令，威胁同官,至于流毒东越。着革了职,法司提问追赃。"

臣按:先帝初立,左、魏两家颂冤,皆操戈于阮大铖。已又左氏刻行逆案,分条细注。大铖之出,光先论之最切。故大铖之所欲杀者,周镳之次,即光先也。光先逃入婺源山中,金声匿之。而士英、大铖以史可法故左氏之门人,左良玉又其同宗。疑在两家,故不敢急之。

壬子,以定策升太常寺少卿李沾为左都御史。

以定策异议,逮吏部左侍郎吕大器。

以总兵卢鼎镇守武昌。

癸丑,逮湖广巡按御史黄澍,澍不受逮。

甲寅,授罪枢张缙彦总督北直、山西、河南北。

使阉人孙元德催理浙、福、直三省钱粮。

使阉人田成选淑女于杭州。

或言内监出选,皇太后命之。其言甚亵,所以来人之疑也。

弘光实录钞卷三

冬十月乙卯朔,以总兵李成栋镇守徐州,挂镇徐将军印;总兵陈璘驻防九江。

吏部尚书徐石麒罢。

石麒以给事中陆朗、御史黄耳鼎例转。奉圣旨:"陆朗留用。"石麒奏:"朗催饷入浙,吓诈逼辱,挟妓西湖,臣以去邪勿贰,毅然用之,岂知狡兔之窟,专尚交通,不可复动也。噫!今之交通,何独一朗!江阴知县李令晳^①,身未入都,已有中贵为之求吏部;中城兵马朱扬□□□等疏上,即有中贵为之求考选,则皆缘朗辈在中为之辟奥窔而凿混沌也。语曰:'宫中、府中,相为一体,黜陟臧否,不宜同异。'臣部博采舆论以上,而异同之端每见。皇上独不念此初奠之神京元气,几堪琢削也。"耳鼎奏:"冢臣为是昌时之党,臣曾参昌时,宜冢臣之恨臣也。"石麒奏:"耳鼎规避年例,借参吴昌时一疏为护身符;夫耳鼎之年例,为贿荐贪令郝明徽也。发之于巡方,闻之于通国,此岂昌时余党谋害所致乎?臣久在山中,不知耳鼎奉秦差,时在去岁冬月也。此时入秦无路,入燕亦无路乎?自南入北、自北至南者,三月初十以前趾相错也。耳鼎奉先帝之命而

---

① 李令晳:原文为"李令□",据《南明史料(八种)》(江苏古籍出版社1999年版)改。

出，自宜报先帝之命而归。若冬底春初入，明告先帝以不得入秦之故。宜亟召吴三桂、王永吉诸督镇巩固神京，则寇骑胡得长驱至此？一人不职，九庙顿隳。臣不能申明讨贼之义，而仅发贪吏私人，所谓放饭流歠而问无齿决，恶得无罪焉！"耳鼎又奏："石麒杀陈新甲以败款局。"逢马士英之意，欲借石麒以为款地。石麒奏："耳鼎拾马绍愉之邪唾，将以颠倒成案，献媚清①庭，以为后日卖国之地。不独欲为新甲报仇起大狱已也。臣请先言款事始末：我国家自有清②患以来，其款非一矣。天启二年，本兵张鹤鸣惑于王化贞之说，俾违督臣熊廷弼节制，而私与孙得功为市。得功私献广宁，化贞逃而款议败；其次，则袁崇焕遣喇嘛僧吊□□，因以议款，未成而崇焕去位。先帝初立，授崇焕以兵柄。崇焕阳主战而阴实主款也，杀江东毛文龙以示信。伺先帝初不之许，遂嗾清③阑入胁款，戒以勿得过蓟门一步。崇焕先顿甲以待，是夕清④至，牛酒相慰劳。夜未央，清⑤忽渝盟，拔骑突薄城下。崇焕师反殿清⑥后。先帝于是逮崇焕诛之，而款议再败。然崇焕虽言款，其所练甲士颇精强，边备未弛，故诛后而祖大寿犹得以余威振于边。岁久，我叛帅累累家辽西，益相狎习。边将多与清⑦媾，偷旦夕之安，而边备日弛也。杨嗣昌为枢密，廉得清⑧状，会清⑨亦内寇，于是再以款事闻。先帝命侦清⑩情，竟得嫚书，大怒格之，而款议覆败。嗣是即陈新甲主款也。新甲令石凤台与清⑪通，而恶洪承畴挠其事，因清⑫困锦州，急遣张若麒催战，欲

---

①②③④⑤⑥⑦⑧⑨⑩⑪⑫ 清：原文为"□"，据《南明史料（八种）》（江苏古籍出版社1999年版）改。

承间杀畴胁款,此即崇焕杀文龙故智也。不虞承畴先觉,独入嵩、杏城死守。若麒计不成,乘月宵遁,陷我六师。旧辅谢升见边事大坏,忆督臣傅宗龙临行有枢臣计专主款之语,□闻。先帝召新甲陛见,切责良久。升曰:'果若得款,款亦可恃。'议遂定。时壬午正月初八日事也。已而遣一瞽者、一黜生与绍愉偕往义州议款,四、五月归,复得嫚书。先帝知为所绐,大恨,而款事又败。盖自辛巳张若麒倡逃后,举先帝十五年所鸠集之精锐,一旦悉扫。老成谋国之臣,无不私祝款事之成,庶几稍有息肩。至天子亲发玺书,下明诏,首臣属草,次辅书真。诚枢臣,择使者而遣之,为使者饬冠剑,连车骑,乘传至寨外,我边臣椎牛酾酒,张筵十六席,燕清^①使,清^②之长遣纲纪一美少年、一老人来会,绝不语及开市事。问之,则云待□□命。及□□至义州,首诘□长私与中国通,拟杀我使人,译事者为之祈请,叩头乞哀。绍愉等抱头匍匐窜归,恐后尚未望见清^③面。今称亲到沈阳,不几梦中呓语耶!且先帝之诛新甲,非以款事。臣拟新甲罪,亦非决不待时也。先是四、五月间,乞款不成,沸满长安,台省恶其辱伤国体,尽发新甲前后奸罪,章满公车,先帝概不下。忽于是年七月二十八日,以十余本悉下法司,并下新甲于理。时新甲金多党盛,为之祈生全者如市。及臣发诸纠疏读之,或言其卖总副镇金银累巨万,从海道运归;或言其陷辽城四,陷腹城七十二,陷新藩七。越旬日,臣同法司集都城隍庙,新甲口供与所纠无以

---

①②③　清: 原文为"□",据《南明史料(八种)》(江苏古籍出版社1999年版)改。

异,臣于是引失陷城寨律秋斩。旧辅臣延儒为新甲营解甚力,面奏谓国法大司马□不薄城不斩也。先帝曰:'他边疆即勿论,僇辱我七亲藩,不甚薄城乎?'延儒语塞。先帝尚以秋斩未蔽辜,谕臣再议。于是引'居中调度,临时不能策应,因而失误军机者斩'律,朝上,午即会官处决。煌煌天语,而谓臣杀之乎?先帝励精明睿,庶狱庶政,无不亲裁。纶扉大臣,惴惴虑过,岂有诛一枢部大臣,而竟听臣下锻炼者?耳鼎视先帝为何如主,而概以汉之桓灵、宋之理度同类视之。此臣所谓矫诬先帝者,悖之极也。耳鼎谓新甲扬历岩疆,饶有兵略,洵如此,自宜龚彰天讨,执讯获丑矣。即不然,亦宜左枝右梧,可无失事,而胡以覆军杀将,亡国破城之报,若是之多也。且恭皇帝之变,皇上身尝之痛也。岂先帝痛恨之而皇上遽忘之乎?耳鼎又视我皇上为何如主,而敢于党恭皇之罪人,张封疆之罪吏也?此臣所谓欺罔圣明,老奸之极也。臣恐耳鼎之邪说得行,使国家忘用人行政修德自强之实,而专以款清^①为事。盖清^②之佯款,其愚我也,收我边民畏战之心,弛我边塞防战之备也。若其果欲我款,则非讲金缯、讲献币、讲割地、讲南北名分,不可款也。又恐耳鼎之说得行,使天下疑先帝以为昏庸无道,清^③当款而不款,大臣不当杀而杀,以致身祸国殄,为天下笑。则使先帝抱不白之诬于天下,臣之所深痛也。又恐耳鼎之徒党罪枢者,摇鼓唇舌,变乱是非,致皇上疑新甲有于谦之功而受西市之惨,为之恤其罪累,录其子孙,孤烈皇帝敦睦

---

①②③　清: 原文为"□",据《南明史料(八种)》(江苏古籍出版社 1999 年版)改。

之心,而增恭皇帝在天之恫,臣之所深虑也。"有旨:"驰驿回籍。"石麒辞表:"臣三朝遗老,二月试铨。谟谋颇于病多,志气衰于迟暮。意欲行先帝之令甲,而不明柄凿之方圆;力欲砥后进之狂澜,而未察刚柔之进退。似扬雄之老不晓事,同季梁之少不如人,动与祸期,悔将咎并。参谗累至,即慈母亦有疑投;黭懿复形,虽明主必难曲贷。瑕衅久积,窜逐宜加。蒙荷圣恩,察之舆论,奖以清鉴,念此老成,许乘传以鸣驹,立开笼而放鸟。使枯骸复上河东之垄,已是重生;俾寒泪不沾阮籍之途,尤为异数。此臣所拜稽恐后,捐报靡从者也。"

庚申,起解学龙为刑部尚书。

起逆案杨维垣为通政司通政。钱谦益荐之也。谦益为马士英所胁,不得已而出此。维垣翻案疏曰:"旧辅韩爌之再相,毫无建明,只造得一本不公不确之逆案。而所欲庇者出之,欲害者入之。如宁锦之捷,不叙经抚,乃叙一巡关御史,则洪如钟岂非魏珰私人乎?不入此案者,以钟曾首荐门户故也。建珰祠,各抚臣谁不被谴者,张凤翼岂非建祠于保定者乎?而亦不入案,则以翼为爌同乡故也。即此两端,可谓此案之公且确乎?案中真真附逆者,实繁有徒。然爌之意不在处彼多臣,而在锢阮大铖及臣等,即后来踵述爌意,多方禁锢不休者,亦非忌惮多臣,而在深忌阮大铖及臣等。其所以忌臣等者何也?皇考藩封既定,后犹求多不止。先已及皇考之母家,次将渐及皇考,臣等独平心调护之,若不知有黜斥事。彼有破绽,则畏臣等摘指之;彼有赃私,则畏臣等黜破之。凡此皆有利于君国,而甚不利于徒党,故重重蒙蔽先帝圣聪,处处阻挠先帝圣断，使先帝不能自行一政，用一人。时而保举，时而换授，时而特用，亦明知诸党人之不称任使，而思有以矫之。而因以遂其援引之私，徒开仕路混杂之渐。所谓早见敢言之士，已壮者老，老者死矣，而天下事亦从此坏矣。今其心犹未已也，何以知之？其言还说旧时言，其事还做旧时事，如近之姜曰广、徐石麒是也。臣急乞皇上将逆案重复审定，确如彪虎辈则仍之，其冤者则雪之，冤而物故者，则有刘廷元、徐绍言、霍维华、吕纯如、徐大化、贾继春等，不维雪之而且恤之。其见存者，除已经疏荐外，只有周昌晋、徐复阳等，随雪之而随用之。其不染此案，而深知案之不确，从公发愤者，只有王永光、唐世济、章光岳、许鼎臣、杨兆升、袁弘勋、徐卿伯、申佳胤等，亦宜分别存殁，恤之用之。"

以张捷为吏部尚书。

以丁魁楚总督两广，以陈丹衷代黄澍。

大学士高弘图罢。

弘图使燕事宜奏："一、山陵：闻梓宫葬于田贵妃坟园，此出自逆寇意，请合于天寿山特立陵墓，选日恭厝。一、分地：割榆关外瓯脱与之。若议关以内，即华夷无复界限，而山陵单弱，将何以安？一、款赏：俟三年匹马不犯之后，量增岁币十分之三。一、国书：或照夷俗称可汗，亦或称金国主。一、使仪：本朝使外夷，具有成礼，我使第不至屈膝，即是不辱命也。"

臣按：此论可谓执古不知变通者矣。风雨如晦，鸡鸣不已，要亦非占风望气之徒也。

辛酉，谥陈仁赐文庄、张邦纪文愍。

加巡抚湖广何腾蛟兵部左侍郎。

凤阳地震。

甲子，谢三宾请恤其子于宣。

三宾为其子谋翰林，以万金赍之而行，故于宣遂死于货。于宣之丧归，三宾杀其同行者谢三资，以三资隐其货而不能救之也。于宣果慷慨死节，三宾何以出此？其请恤也，不谓之欺君而何？

壬申，起蔡奕琛为吏部左侍郎。

丁丑，崇王移住温州。

礼科给事中林冲霄、叙宁绍道卢若腾平乱。

崇祯十六年十二月，奉化雪窦山胡乘龙作乱，伪号大猛，改元宗贞，谓于崇祯去其头，剥其衣也。若腾遂于二十一日发兵围雪窦，擒之。

马士英上议开海禁税珠池。

令童生纳赀免府县试。

士英议上等纳银六两、中等三两、下等二两。

保国公朱国弼奏劾诸生沈寿民。

沈寿民，宣城人。尝与周镳读书茅山，为清议所归。阮大铖之住南京也，招引失职之士，出其门下，流言造事，荧惑听闻。如《蝗蛹录》等书，编复社士人姓名，谓东林衣钵。寿民以保举入都，上言丰芑之议论，涉于大铖。大铖衔之刺骨，至是授意国弼，言从贼陈名夏逃匿寿民之家，方名捕之，而寿民已变姓名入金华山中。

十一月乙酉朔,起孙嘉绩为九江监军佥事。

佥事之补,例不得书,此曷以书?以嘉绩而书也。

以朱继祚为礼部尚书,掌詹事府事。继祚尝纂修《三朝要典》。

以李永茂巡抚南赣。

加沈廷扬光禄寺少卿,管饷务。

丙戌,补谥翰林沈懋学文节、焦竑文端。

总兵方国安入卫,隶阉人高起潜营。

国安随左良玉援剿数年,至是有隙,竟拔营东下。马士英深忌良玉,故收其叛人以自卫,国安亦甚德^①之。其后士英入浙,依国安以居。而东江问罪之檄,遂无及之者矣。

以张凤翔为兵部尚书,管左侍郎事。

桂王常瀛薨。

凤阳火。

丁亥,参将张□上言黄澍决河事。

有旨:"黄澍倡决河之议,使汴百万生灵皆殒,罪在万世,俟楚事勘结,再夺。"初,澍为汴理河,闯贼围之,上下固守,已而河决,官府人民具舟星散,开封化为泽国。先帝犹奖澍守汴之功,不知澍避逃□之名,使人私决之也。

壬辰,张凤翔以兵部尚书巡抚苏松,卢若腾巡抚凤阳。

起逆案卢大复为台兵道。

丁酉,以总兵许定国镇守开封。

---

① 德:原文为"恶",据《南明史料(八种)》(江苏古籍出版社1999年版)改。

庚子,收朱大典募兵入京营。

大典以漕抚坐赃。北变既闻,刘宗周、熊汝霖、冯元飚与大典皆会于杭。宗周命其募旅勤王,用赎前罪。大典得兵三千,引之至,冢宰徐石麒推以豫督,而遽奉严旨。于是大典结援士英,始收其兵。

甲辰,逮叛帅邱磊。

有旨:"山东总兵邱磊靡饷二十万,逗留怨望,志图不轨。既已就擒,法司究拟。"

乙巳,巡抚苏松都御史祁彪佳罢。

丙午,谥死事吴阿衡忠毅。

丁未,赐宴巡按御史彭遇飏。

马士英以航海张本讬遇飏,而遇飏至浙,激变于民,故不终其事。

以何腾蛟为川湖总督,代杨鹗。

升郧阳兵道高斗枢为湖广巡抚。

戊申,淮安地震。

乙酉,鲁王驻跸台州。

追上景皇帝生母吴贤妃,谥号曰孝翼温淑惠慎慈仁匡天锡圣太后。

补谥孝康皇帝之子允熥吴悼王,允熞衡愍王,允熙徐哀王;惠帝之子文圭恭愍,皇子文奎原怀王。

十二月乙卯朔,黄斌卿改驻池州,郑鸿逵改驻京口,榷酤。

大学士史可法痛愤上陈偏安必不可保。

疏曰："晋之末也，其君臣日图中原，而仅得江左。宋之季也，其君臣尽力楚蜀，而仅困临安。盖偏安者恢复之退步，未有志在偏安而遽能自立也。屡得北来塘报，皆言□必南窥。黄河以北，悉染腥膻。而我河上之防，百未料理；复仇之师，不闻及关陕；讨贼之约，不闻达于□庭。一视君父之仇，置诸膜外。近见□示，公然以逆之一字加之于南，是和议固断断难成也。先帝以圣明罹惨祸，此千古以来所未有之变也。先帝崩于贼，恭皇帝亦崩于贼，此千古以来所未有之仇也。先帝待臣以礼，驭将以恩，一旦变出非常，在北诸臣死节者者寥寥，在南诸臣讨贼者寥寥，此千古以来所未有之耻也。庶民之家，父兄被杀，尚思陷胸断胆，得而甘心，况在朝廷，顾可膜置？皇上明承大统，原与前代不同，诸臣但有罪之当诛，实无功之足录。臣于登极诏稿，将加恩一款特为删除，不意颁发之时，仍复开载，闻□□见此亦颇笑之。今恩外加恩，纷纷未已，武臣腰玉，直等寻常，名器滥觞，于斯为极。今宜以爵赏专待战功，钱粮尽济军需，一切报罢。盖贼一日不灭，一日不归。即有宫室，岂能晏处？即有锦衣玉食，岂能安享？此时一举一动，皆人情向背所关，狡□窥伺所在也。"

壬戌，访求《三朝要典》，宣付史馆。

杨维垣奏："张差梃击一案，谁不知其为疯癫，而必欲强坐为刺客。倘差为刺客，则皇考母家必枉受主使之诛，而彼时藩邸亦将有株连之祸。光庙既不遂友于之爱，而神祖亦且被溺惑之名。首此难者，一贪酷之王之棠耳。只图博非望之功，而使累朝父子兄弟无一可者。李可灼红丸一案，平心论之，亦可谓之无功,而不可诬之为行鸩。倘此药为鸩,则是光庙不得考终,熹宗不能正始。不但彼时首辅方从哲不能谢责,即次辅韩爌亦不宜再相,刘一燝亦不宜得谥,而先帝亦久失讨贼之义矣。首此难者,一事后之孙慎行耳。只图遂彼报复之私,而累朝父子君臣无一可者。李选侍移宫一案,夫移宫亦止送往事居之常,而不当造垂帘听政之谤,以为非此谤不足以见吾功,然致光庙不能保其巾栉,熹庙不能酬其抚养;甚至照管冲主者,不归之数年有恩之宫嫔,而归之妖淫干外事之客氏。首此难者,为一小臣杨涟耳。只图遂王安专擅之私,为群小奥援之主,而使累朝夫妻母子无一可者。夫此等害忠伤孝之事,人人知之,第人人不敢议之。大臣不附此,则不能保其崇阶;小臣不附此,则不能跻于要路;不肖者不附此,则失其护身之符;貌贤者不附此,亦不能寻题目做文章。首此难者,为焚'要典'之刘鸿训、改'实录'之文震孟耳。亦以图快驱除异己之私,为迎合时局之助,而使累朝伦理治道、人才事功无一可者。此'要典'一书,冠以御制,重颁天下之必不容缓也。远以白累朝之疑,近以雪皇考之恨,前以终思庙之志,后以昭万代之史,一事而四善备焉。"宁南侯左良玉谏:"'要典'毁自先帝,不宜重颁。"有旨:"'要典'一书,系朕家事。当存'实录',列圣父子兄弟叔侄之间,数十年来,并无丝毫间言,不知当日诸臣何故藉端诬构! 卿一细阅,亦当为朕倍增悲愤。"

以定策,晋诚意伯刘孔昭东平伯,刘泽清为侯。

下部恤翰林院检讨胡守恒。

守恒字见可,舒城人。流贼攻舒,以乡官守城被害。

丙寅,陈洪范使北回,召对。

洪范奏:"八月十五日至黄河,二十一日到宿迁。九月十八日至德州,东抚方大猷传摄政令旨:'来使止许百人进京朝见。'臣与左懋第商榷相见之礼,懋第出阁议,以抗节为不辱命。又议以关外瓯脱与之,许岁币不得擅过十万。时第知吴三桂借兵破贼而来,未知其势之不同也。二十六日,天津巡抚①骆养性来至静海,将臣所携官丁自百人外,其余安置古寺,使人监守。二十九日至河西务,臣等遣参将王廷翰赞画,生员王言斋名帖往投,内院冯铨等辞色俱厉,却帖不收。十月初五日至张家湾,因遣摄政启:'三使奉御书礼币而来,宜遣官郊迎,岂有呼之即入之礼。'初十日,礼部又奇库来迎。十二日,鼓吹前导,御书从正阳门入,使臣随之,至鸿胪寺中,关防甚严,寺内不容举火,饮食传送,官丁饥寒殊苦。十三日,礼部至寺索御书,臣等执礼须其迎入,礼部不顾而去。十四日,内院刚林榜什率十余人,俱夷服佩刃,直登寺堂,踞椅上坐。通事车令指地上,令臣等坐于左,臣等取椅对坐。林曰:'我国为明朝破贼报仇,江南不发兵,便立皇帝。何也?'臣等曰:'今上乃神宗嫡孙,先帝既崩,伦序相应,立之讵曰不宜!'林曰:'崇祯皇帝有遗诏否?'臣等曰:'先帝变出不测,安有遗诏?南都闻变,臣民拥戴,告于高皇帝之陵而立之,安事遗诏?'林曰:'崇祯皇帝死时,江南臣子何为不来救援?'臣等曰:'南北地隔三千里,诸臣闻变,亟整兵马,正欲北来,而传闻贵

---

① 巡抚:原文为"□抚",据《南明史料(八种)》(江苏古籍出版社 1999 年版)改。《原任太子太傅左都督骆养性奏本》及清乾隆《贰臣传》载骆养性为天津总督。

国已发兵逐贼,故先遣使臣讲好谢德。'是时,左懋第身服衰经,林指而谓曰:'汝服孝便是何臣?'臣曰:'左部院之服母丧也。'林曰:'汝等何在?今日却来。'懋第曰:'先帝遭变之时,吾往江南发兵,陈总镇、马太仆尚在林下。'林曰:'汝发兵曾杀得贼否?'懋第曰:'吾奉命助剿献贼,彼时闯贼未曾敢犯上江。'林曰:'无多言,吾国不日发兵即下江南。'懋第曰:'江南尚大,兵马尚多,亦未可轻言下也。'臣曰:'使臣数千里来通好致谢,何必以兵威相吓。果要用兵,岂能阻得?但恐有碍摄政王报仇破敌之初意耳。'林不答而出。十五日,内院、户部入寺,同收银币银十万两、金一千两之外,尚有余鞘,辄起攘夺。臣等云:'银一万两、段二千疋,留赐吴三桂者。'诸□亦竟驮负去。二十六日,刚林至寺,以行期告。臣等曰:'三使奉命而来,一致谢贵国,一祭告祖陵,一改葬先帝。使臣尚欲一至昌平。'林不听。臣等曰:'果不容往,愿留三千金,委官督工可也。'亦坚执①不从。出檄一通,当堂朗诵,臣等坐而听之。臣曰:'使臣讲好而来,不得讲而去,可乎?'林曰:'果欲讲好,河上亦可,江上亦可。'二十七日,清②官二人带兵三百,押送出城,防守益严。二十九日,至河西务,仰望诸陵,近在咫尺,不得一谒,设位遥祭而哭之。十一月初四日,过沧州十里,忽有夷丁五六十骑,追回左懋第、马绍愉。臣问何故?云:'二人留此,放汝一人南回,报大兵即下。'清③丁立拥二使,不容一语而北。十六日,过济宁。二十日,清④兵乃回。臣前两

---

① 执:原文为"□",据《南明史料(八种)》(江苏古籍出版社1999年版)改。
②③④ 清:原文为"□",据《南明史料(八种)》(江苏古籍出版社1999年版)改。

奉召对，天语叮咛，思得一当以报陛下，而事势如此。清①已据都僭号，自燕至齐，分兵列守，而议者欲以十万岁币出之关外，宁可得乎？且其言曰：'吾朝得自流贼，不自明朝。'使臣虽辨若仪秦，安能强之受我戎索乎？清②之猜忌特甚，骆养性与臣片语，谍者驰报，即削职逮问。陷北诸臣吴三桂、祖大寿等，咸杜门结舌，不敢接见南人；而甘心献媚者，唯以绝通好、杀使臣、下江南为容悦。臣又岂得以只字相闻于三相乎？相传清③即位之诏，内有'明朝诸陵，不许伤毁。'仍拨内员看守。而陵旁树木，剪伐已多，紫气犹葱，松楸非昔，臣之痛心者一也。贼奉先帝梓宫厝于田园，皇上敕臣等同旧辅谢升共议奠安，今升已在清④庭，清⑤复不容改葬。先帝圣明英烈而马鬣未封，臣之痛心者二也。臣遍访北来诸人，佥谓流贼闻清⑥兵将至，先杀皇太子，挟二王马上偕行迎战。永平失利，二王随亦受害。受害之地，迄无实报。今仅存公主，先帝伤其一手，养在周皇亲家，臣之痛心者三也。"

马士英加少师。

北兵自孟县⑦渡河。

大学士史可法奏："我于□所隔者一河耳。□处处可渡，我处处宜守。河长二千余里，非各镇兵马齐力捍御，不能固也。故兴平伯高杰欲自赴开、洛，而以靖南侯、广昌伯之兵马守邳、徐。久知□之乘瑕必在开、洛，无如各镇之不相应何？

---

①②③④⑤⑥　清：原文为"□"，据《南明史料（八种）》（江苏古籍出版社1999年版）改。

⑦　孟县：原文为"盂县"。据《南明史料（八种）》（江苏古籍出版社1999年版）改。

今□已渡河，则长驱而东，刻日可至。御之河以南，较御之河北，其难百倍矣。"

庚午，使西人毕方济通洋舶。

下部恤死事御史魏景琦。

起御史林翯为临海道。

起用逆案周昌晋、陈尔翼、徐复阳，逆党袁弘勋、水佳胤。

弘光元年春正月乙酉朔。

乙未，以蔡奕琛为东阁大学士。

召对马士英、阮大铖，赐大铖蟒衣一袭，银十两。

用保国公朱国弼言，以从贼案不结，革刑部尚书解学龙职。

丙申，起叶廷秀光禄寺少卿。

廷秀奉旨补都察院上官，终以非其类抑授。

起马思理添注左通政。

起唐世济为右都御史。

总兵卜从善比例自请封爵。

许定国杀高杰。

定国扎营睢州，杰欲并之。宋游击往来其营，数言定国易图。十一日，杰以二千骑率前三营胡郭等镇至睢州五里庙，定国出迎，杰与之誓于庙中。杰入城，二千骑随之，前三营留城外。是日，定国宴杰。营将劝其不往，杰曰："定国老妮妮耳。何多虑也！"明日，杰请定国。杰言："人言甚讹，贵镇不宜住睢。"定国云："为国防河，何讹之有？"杰云："贵镇离此，则人言自息。若归阁部、归淮藩，亦惟所择，吾为贵镇先之也。"定国云："岂有近舍明公,远择所归哉!"杰云："果欲归我,则住子于扬州或泗州,即在明日。"定国以妻病,请缓其期。杰云："醒醒醒醒,丈夫行止而由于妇人,不如为子杀之,当偿汝以美人也。"定国请十六日,杰遂允之。当杰与之饮也,定国使其侄许四设酒于外,以饮杰之内司各将,皆酣甚。夜半,定国既出,使其长枪手围杰,杰提刀出砍二人,长枪手攒聚杀之。前三营闻乱,攻入瓮城,为长枪手逐出。十三日,前三营攻城不克。是夜,定国出走西门,而杰骑兵二千之在城中者,为定国所杀,逃者二三百耳。前三营还至徐州抢掠,史可法抚之,随举后五营总兵李本身统杰之兵。

庚子,叙殿工。

刘孔昭讦御史王孙蕃不与定策。

孙蕃自陈孔昭至其榻前,密商定策,孔昭以士不可以无耻,讦其罔奏。

已故逆案徐景濂子乞恤,从之。

逆案潘汝祯伪为民本陈辨。

有旨:"建祠会稿,潘汝祯见有题疏,岂得委之前任张选等? 何故于十七年之后始行陈辨? "

辛丑,陈洪范回籍。

洪范北使回,云黄得功、刘良佐二心于清[1]。兵科□□言:"其果有此情,方且秘之,惟恐不谨,肯以其情输我! 又况追还左、马,独放洪范,使为反间,其理甚明。"

---

① 清:原文为"□",据《南明史料(八种)》(江苏古籍出版社 1999 年版)改。

以瞿式耜巡抚广西。

壬子,以刘若金总督湖广。

使阉人庞天寿管两广珠池。

复已故逆案张汝霖、李思诚官。

二月甲寅朔,湖广巡抚改用王骥。

路、印二贼久困郧阳。道臣高斗枢,先帝用为秦抚,至是用为楚抚,皆不得达。去年十二月,用计反间,二贼相并,路贼杀死印贼,退回襄阳,郧围始解。是时,南都犹断声息,故改用王骥。

谥桂王曰端。

丙辰,复逆案吴孔嘉官。

戎政尚书张国维告假回籍,以李希沆署戎政事。

丁巳,户科给事中吴适驳忻城伯赵之龙荐用逆案陈尔翼:"臣入垣详看内勋臣赵之龙荐用人才一疏,内有陈尔翼者,察系钦定逆案中人。简阅原案,颂逆有内外诸臣心、厂臣之心等语。又荐崔呈秀为本兵,以为逆迹昭然,非若他人可以影响辨释也。因与同官张希夏面相参阅,谓不可不驳以正告之。不意勋臣复出一疏,期必用而后已。何其不谙职掌,而为是喋喋者乎?祖宗典制,惟科臣专封驳之责,未闻以勋爵参之也。以诣①魏逆者为公道,将魏逆在今日,应昭雪而后可。以荐举崔逆者为公道,将崔逆在今日,应推用而后可。吏科参看得陈尔翼、徐复阳,同逆案中人。复阳二疏,护奸害正,尔翼

___

① 诣:江苏古籍出版社《南明史料》作"诏"。

颂魏，荐在两人，罪款有据，不应乘时诡脱。"

己未，以高倬为刑部尚书。

魏国公徐弘基卒，谥壮武。

赠死难冯垣登太仆寺少卿、邹逢吉太仆寺丞。

加阮大铖兵部尚书。

黄得功、刘泽清攻高营，欲并之。

杰既死，两镇欲分其兵。得功令四营总兵往扬州追取高兵。泽清亲至仪真，发令箭于新城地方，擒高营头目五人。有旨："大臣当先国事而后私仇，黄得功若向扬州，既离汛地，狡□乘隙渡河，罪将谁任？朕于诸藩恩礼有加，诸藩亦当恪守臣节，不得任意轻举，致误国事。"史可法则以李本身代杰，而杰妻邢氏又纷诉不已，虽仍以高元爵统之，而别属者多矣。

癸亥，除朱大典兵部左侍郎。

甲子，谥太子献愍、永王悼、定王哀。

乙丑，以卫胤文总督高营兵将。

遣协理詹事府事礼部尚书黄道周祭告禹陵。

初，道周不欲出山，士英使人讽之曰："人望在公，公而不起，岂欲从史可法立潞王乎？"乃就召。然士英故未尝用道周，第以虚名羁络之。

己巳，下部恤死难阎永杰、彭文炳。

录逊国方孝孺后澍节为五经博士。

礼部尚书顾锡畴致仕，以钱谦益代之。

庚午，怀远侯常延龄解任。

勋臣之中，惟延龄骨鲠，不为马士英所用。阮大铖之起，具疏争之，每论必多不合，故解任而去。

辛未，以逆案杨维垣为左副都御史。

复先帝罪阉王裕民、刘元斌官，各荫弟侄。

□苏松死难王钟彦、宋天显、施溥祭葬。

谥死事武臣刘源清武节。

癸酉，逆党袁弘勋为大理寺左寺丞。

闯贼败于西安。

北兵败之也，贼尽撤承德荆襄之兵，援救西安，又败。于是从樊城浮桥渡江至襄，收拾兵马，水陆并下武昌。分为三道，一道渡江走随州枣阳，一道走荆门，一道水路走汉口。

甲戌，钦天监奏日月赤色太甚。

丙子，蔡奕琛进礼部尚书文渊阁大学士。

北兵至宿迁。

逆党袁弘勋追理"要典"。

弘勋受徐大化指使，于崇祯元年劾孙慎行、韩爌、刘鸿训，荐孙之獬、徐绍吉、阎鸣泰，撒泼无赖。其疏皆怀挟举人邵喻义所为，弘勋实蠢不解事。此疏之后，至弘光帝将逃之际，犹不知情何人手笔，猖猖不已，直可供一笑而已。

左良玉复云梦县。

己卯，张承惠袭惠安伯。

沈宸荃为苏松道。

庚辰，改谥先帝毅宗烈皇帝，先后周氏孝节烈皇后。

廷臣以谥法追悔前过，曰："思，此为下谥，而以加之先帝守死社稷之主，非臣子所安。"马士英不可，特疏申明。有旨：

"庙号思宗,系卿恭拟。考据典则,各极徽隆,不必改。"已而知北亦谥思,于是改定,以修《实录》。

补谥史臣顾起元文庄。

追封福府郡王由榘颍王,谥曰冲。

定北都从贼诸臣罪。

从逆贼案,一等应磔十一人:宋企郊、牛金星、张嶙然、曹叙程、李振声、喻上猷、黎志升、陆之祺、高翔汉、杨王休、刘世芳。二等应斩秋决四人:光时亨、巩焴、周钟、方允昌。三等应绞议赎七人:陈名夏、杨枝起、王承夏、原毓宗、何胤光、廖国□、项煜。四等应戍议赎十五人:王孙蕙、梁兆阳、钱位坤、侯恂、陈羽白、裴希度、申芝芳、刘大巩、郭万象、金汝砺、吴达源、黄继祖、王秉鉴、杨廷鉴、张茂素。五等应徒议赎九人:宋学显、沈之龙、缪沅、吕兆龙、吴刚思、方以智、傅鼎铨、张家玉、傅振铎。六等应杖议赎八人:潘同春、王子曜、周寿明、向列□、徐家麟、吴泰来、张琦。陷北庭俟后定夺二十八人:何瑞征、杨观光、张若麒、方大猷、党崇雅、熊文举、龚鼎孳、叶初春、戴明说、孙承泽、徐必泓、刘汉儒、薛所蕴、卫周祚、赵京仕、刘昌、张鸣骏、高尔俨、黄纪内缺九人。另议二十七人:翁元益、鲁卓、郭光、吴尔埙、史可程、左茂泰、王自超、白胤谦、龚相熙、王皋、梁清标、杨栖鹗、李化麟、张元琳、吕崇烈、侯埙佐、吴之瑞、邹明奎、姬坤、朱国奇、许作梅、胡显、赵煜、吴嵩元、刘廷琮、朱积、王之牧。奉旨录用十一人:张缙彦、时敏、卫胤文、苏京、韩四维、黄国琦、施凤仪、龚彝、姜筌、张正参、顾大成。

议懿安皇后张氏谥。

癸未,戮妖僧于市。

先是十二月十二日,有僧在汉西门外,自冒先帝。缉获至戎政衙门,供名大悲。其初意不过藉以动众,不虞见获。而马士英遂授以意,将一网以尽其不便者。书数十姓名,令其出之袖中,言钱谦益使我来此。户部申绍芳及谦益等皆上章自理,有解之者,不竟其事。

弘光实录钞卷四

三月甲申朔,虞廷陛补吏科左给事。

礼部印被盗。

辛卯,马士英晋太保,王铎晋少傅。

改铸印信,不称南京。

甲午,使阉人乔尚监两淮盐课。

丙申,会审太子真伪。

先是正月内,鸿胪寺少卿高梦箕一奴穆虎自北至,同一少年,密谓梦箕曰:"此先帝东宫也。"梦箕留之,不肯,即令虎伴之至浙。顷之,梦箕以闻于帝。帝使阉人马进朝追之,得于汤溪。上召国公朱国弼,侯柳昌祚、邓文虎、刘孔昭,伯赵之龙、焦梦熊、常应俊,附马都尉齐赞元,阁臣马士英、王铎、蔡奕琛,翰林刘正宗、李景濂、张居,中书吴国鼎至武英殿,谓曰:"有稚子自称皇太子,内臣李承芳、卢九德审视回奏,皆云面貌不对,语言闪烁。卿等会同府部、大小九卿、科道、讲读官,前去辨其真伪。"士英奏:"原任翰林方拱乾办事东宫,臣召而问之。据拱乾①所称东宫睿质颖秀,口阔面方,目大而圆,身不甚高,最为认识。又司业李景濂、翰林刘正宗,皆系讲官。如真,则不惟三臣识东宫,东宫亦识三臣,否则,两不相认

---

① 拱乾:原文为供乾,据文意改。

矣。赵之龙、朱国弼皆云曾见东宫。"已而拱乾、景濂、宗正、之龙、国弼回奏，皆曰伪。而大学士王铎自云在东宫侍班三载，识认极真，尤言其伪。上特称之云："具见忠诚大节。"于是，下法司、锦衣卫研究造谋根底，并收高梦箕、穆虎。又出太子伴读太监邱志忠认之，痛哭而证其非是。于是，刑部尚书高倬、锦衣卫冯可宗，皆上爱书云："审得王之明供称：年十八岁，三月十六日生，保定高阳县人。伯祖王昺，尚延庆公主；祖王晟，父王元纯，嫡母刘氏，生母徐氏，父母皆故，止有一妹，嫁与举人张廷录子问成。齐驸马之叔行四者，同陈洪范自南而北，故住之明之屋，语以南方乐土，之明买驴一头，随一仆王元出走。行至山东，王元逃失，邂逅穆虎及长班张应达、生员刘承裕，遂结伴同行。穆虎、张应达胁之明冒称皇太子。至南京，留梦箕家四日，随送汤溪潜住。又供：武公名下一小内竖，教之明皇后是周，东宫是田，西宫是袁；又与一单，细注历代祖宗各省藩府，令之明牢记。又讯：'方讲官汝何故识之？'之明供：'有人语我多髯而方冠者，方拱乾也。'臣等会看得王之明即'汉史'所云夏阳男子假冒卫太子之故智也。"又传各省提塘官、应天士民共入审视，即以审词刊刻颁行天下。然天下之人无不愈疑，即闾巷小民，亦至泣下，欲生食王铎、方拱乾之肉。靖南侯黄得功奏："是非真假，日久自明。此时惟以多方保护，庶几天下共见其无他。万一稍有瞻顾之心，卒逢雾露病死，即真奸伪，天下亦疑为真东宫矣。盖原在东宫诸臣，即明白认识者，亦不敢矢口自取杀身之祸，则东宫诸臣之言，其不足取信于天下亦明矣。"湖广总督何腾蛟、应安江楚总督袁继咸、宁南侯左良玉，皆上疏与廷议相抗。而腾蛟、良玉疏内传闻自吴三桂、史可法送来。于是，士英逼可法出疏，用释天下之疑。可法奏："先是传言太子为贼所害，至今二月初五日，使臣左懋第、马绍愉，抄传摄政王告示一纸云：'有妄人自称明朝太子，径造皇亲周奎家，探问怀宗公主。远望未详，蒙面而哭，及详审面貌，全然不是。袁贵妃及宫女秦柏寿等皆不相认。据假太子口称从未落贼手，流亡在外，至今方出。有礼部郎中黄熙胤、朱国诏曾与皇太子同出，亦不相认。故将周奎发刑部审问，养鱼太监常进节、羽林前卫指挥李时印，说太子是真；典乐太监□应庚说太子是假。应庚遂犯众怒，聚而殴之。太监孙雄不敢言假，然而实非真也。为此合行晓谕：'若太子避迹民间，即来投见，以便恩养等因。'随将妄人下之刑部。"此左懋第等书可据也。三月中自北来者云："摄政将认太子诸人皆杀死，百姓不平，集内院之前而噪；摄政又将谢升杀死，以谢百姓。其在刑部之假太子，已勒死矣。都人言及，无不哀恸。"夫虏即待太子至优，亦不过假以空名，给以廪食耳。况贵妃、公主见在，一时相随之诸珰环列，以此而假冒，虽至愚者不为。况周奎、公主一见，即相抱而哭，后有怵以利害者，乃不敢认，京城百姓环聚其门而辱骂之。各官出认太子者，多被杀而不悔。由此观之，是皇太子不死于贼，诚死于虏矣。北方之太子方杀，而南方之太子又来，此与理事之必无者也。然天下之疑，终不可解。而中朝亦有所忌惮，不敢加害，左良玉遂以兴晋阳之甲。及帝出走，南中士民相聚而出之于狱。即位一日，北兵乃入。

臣按：王之明招辞，之明在北，有庐有仆，其家颇亦温饱，何故弃之而出？此可疑者一也。小内竖所知，亦不过三宫之姓氏，大内之门户耳。至于历代祖宗各省藩府，名分支派，顾非所悉。若当时反复征诘，之明有一言之误，暴之于丹书矣，此可疑者二也。当时所识者，不仅一方拱乾，今皆隐而不书，即拱乾之识_{疑有讹脱}，此可疑者三也。若真太子在北，是时北将南伐，必挟太子以正江左之罪，而肯草率杀之乎？则北方之以假而杀之无疑也。臣尝闻之太宰徐石麒云："会审之时，太子谓一内侍曰：'某年某月，帝尝进一扇求书，吾若为书之，颇忆此事否？'"然则爱书之不出自 [①] 太子，明矣。

丁酉，以耿廷禄巡抚四川。

定兵额。

京营□万，神武营五千，四镇每镇三万。安庆陆兵一万、水兵五千。应抚三千，总兵五□。淮抚一万五千。凤督一万。京口一万八千。芜采水营一万。徐镇四千。每名给饷二十两。

己亥，加朱大典兵部尚书，提督广昌、靖南各军。

北兵至河南。

许定国降，北封为宁南王。

庚子，长安门获一妄人。

锦衣卫冯可宗奏："妄人白应元病风阑入，逐回原籍。"

---

① 出自：原文为"□□"，据《南明史料（八种）》（江苏古籍出版社1999年版）改。

甲辰,河南归德陷,巡按监察御史凌駉死之。

駉字龙翰,歙县人,癸未进士。二月二十八日到任,北兵下令,御史不降者城屠,于是,官将吏民强駉纳降,北兵处之空馆。駉寓书:"惟愿贵国尚存初志,永敦邻好,大江以南,不必进窥。否则扬子江上凌御史,即昔钱塘江上伍相国也。"遂自缢。其侄润生亦从死。赠兵部左侍郎,润生赠御史。

辛亥,宁南侯左良玉东下,以清君侧。

良玉檄:"先帝升遐,海内失望;讼狱讴歌,咸思太子。比幸返驭南都,不意权奸谋逆,按下锦衣。本藩奉太子密旨,率师赴救。凡有血气,当念同仇;颙望义旗,共靖大难,速建补天浴日之绩,毋蹈失时后至之殃。"上密谕兵部:"闻良玉被闯贼所败,残兵犯阙。该部即传督辅史可法、督抚朱大典、张凤翔、张秉贞、旷昭、王骥、田仰、靖南侯黄得功、东平侯刘泽清、广昌伯刘良佐、操江刘孔昭、忻城伯赵之龙、总镇杨振宗、方国安、王蜚、郑采、王斌卿、郑鸿逵、卜从善、杜弘域、张鹏冀、监军杨卓然、杨文骢同心合力,为朕堵剿。如克殄元凶,奠安社稷,爵为上公,与国咸休。"良玉之下,虽清君侧为名,而其驻武昌也,败于闯贼,人马既多损失,部曲亦多叛之而去者。四月初二日,至九江,遂郁郁而死。其子梦庚统其兵,初七日下安庆,随攻池州,为黄得功击退,北兵逼维阳,梦庚遂降。

夏四月癸丑朔,赠高杰太子太保,其子元爵袭封。

锦衣卫可宗、秉笔太监屈尚忠会审假后童氏。

先是,帝在藩邸,有卖婆童氏与其女出入府中,帝与其女私通。闻帝即位,自称为后,民间亦以后目之。河南巡按御史陈潜夫称臣而谒,见其应对赡敏,亦遂心折。与巡抚越其杰送至南京,而太后不容其入。有旨:"朕元配黄氏,先朝册封,不幸夭逝。继配李氏殉难,俱已追封后号,诏谕天下。童氏不知何处妖妇,冒朕躬结发,即遵旨严刑讯问来历,并主使拨置之人。"三月二十八日,童氏堕胎申报,帝益耻之,以潜夫私谒妖妇,无人臣礼,逮问。

安远侯柳祚昌参北洋副总兵张名振。

参其贪狡,北京指官局诈,曾经枢臣陈新甲枷责示众。

甲寅,以总兵李本身提督高营。

马士英上疏自罪。

疏云:"闯贼未知何往。闻九江将士家眷皆已登舟,事急,则图道走南昌矣。归德之贼,未知实到何处。据报王之纲、李仲兴、杨承祖,皆已逃回扬州。李成栋已于徐州城外扎营,家眷俱登舟,淮徐道家眷亦登舟矣。东平侯刘泽清有书与臣,言江北文武将吏熟计,北警,则相从入海。是今日防河之胜着,已豫备走海之上计也。广昌伯刘良佐亦有书与臣,言诸将豫计,□若东来,则入海者入海、渡江者渡江;独本藩孤军当道,无可退步。至于骗官骗饷,不能进前一步。王燮、王溁、越其杰等,不可诛胜也。"

庚申,刘孔昭加太傅。

恤已故逆案并其党人。

刘廷元、吕纯如、黄克缵、王永光、杨所修、徐绍吉、章光岳、徐景濂俱赠荫祭葬与谥。徐大化、范世济准赠荫祭葬。徐扬先、刘廷宣、许鼎臣、岳骏声、徐卿伯准赠官祭葬。王绍徽、徐兆魁、乔应甲、陆澄源准复原官。

癸亥，调靖南侯黄得功渡江入池，以御左兵。

丙寅，弃光时亨、周钟、武愫于市。

上传："时亨因李明睿不同声气，力阻南迁，使先帝夫妻父子无一生全。妖讹假冒，烦兴迭见。向使先帝无恙，朕安守藩服，何致日来纷纭。周钟以词臣降贼，仍敢无礼先帝。武愫受贼伪命，为贼任使，牌示有据。三犯即照原拟罪名，会官处决。其余拟斩的都饶死，发云南金齿等卫，永远充军。拟绞的发广西地面，充军终身。军罪以下为民，永不叙用。该部仍将各犯姓名刊刻成案。"

勒礼部郎中周镳、武德道雷縯祚自尽。

上传："二犯结党乱政，罪已当诛。乘国家多难，招引外兵，别图拥戴，紊乱天朝，流毒构衅，法应赤族。姑念所谋不成，已经大赦，狱中勒令自尽。"

镳字仲驭，金坛人，戊辰进士。尝与宣城沈寿民读书茅山，慨然慕范孟博、李元礼之为人。是是非非，不少假借。小人之议君子，多曰"伪"。镳曰："伪而为善，宁如诚而为恶也乎？"逆案既定，阮大铖移住南京。招徕匪类，口言远近以图翻案。诸名士出《南都防乱之揭》，主之者镳也。当是时，南都之走大铖如市，骤而消阻。太宰郑三俊主察，其贤否多出于镳。故事，先察之日，太宰发单于科道，科道书其贤否，上之太宰。镳之母党张明弼居官无善状，镳不为隐，三俊察之。明弼当堂诘三俊："据单不应下考。"三俊曰："吾知子之不善，何必单也。"明弼乃为肚单记以诘镳。镳在狱而左兵东下，左国栋、沈士柽等皆与闻于揭，避大铖而客良玉。故谓晋阳之揭，镰实使之。

臣按：南都之立，百无一为，止为大铖杀一周镰而已。斯时亦有告大铖者曰："天下未定，不知为□为贼，公毋专以报复为也。"大铖曰："钟鸣漏尽，吾及时报复，亦何计其为□为贼乎？"

缤祚，字介公。周延儒之未败，祚参之。及为武德道，北兵阑入，又参督抚玩寇，致之大辟，故为时所忌。

孽逆原任署正徐禹英希阮大铖旨，参顾杲、黄宗羲《南都防乱揭》。

首杲，次宗羲，次左国棵，次沈寿民，次魏学濂。学濂死于北变，寿民变姓名入金华山中，国棵客于左营。于是禹英参杲、宗羲，下法司逮问。左金都御史邹之麟，杲之姻也，迟之，而北兵已下，不竟其狱。

北兵渡河，入泗州。

瓜州高营兵叛，郑鸿逵击退之。

庚午，许定国导北兵至扬州。

以黄斌卿为广西总兵。

常澄进封襄王，潘氏封王妃，暂寓江州。

赠殉难勋臣朱纯臣舒城王、宋裕德梁国公。

乙亥，北兵入瓜州。总兵张天禄、张天福、孔希贵、李成栋、李世春、王之纲等，皆投入北营。

王铎、常应俊督师出镇。

丁丑，补封于谦临安伯，世袭。

北兵破扬州，大学士史可法、知府任民育、诸生高孝缵、王士秀死之，北兵遂屠其城。

可法，字道邻，祥符人也，戊辰进士。十五日，北兵薄城下，遣降将李世春说降，可法叱之。又遣乡约捧令旨至，可法使健丁投令旨并乡约于水。十七日，豫王移书数通，皆不发而焚之。监军高岐凤、总兵李栖凤踰城出降。可法呼副将史得威，以遗表、遗书授之曰："死，葬我于高皇帝之侧！"二十五日，城陷。自刎不死，命得威刃之，得威痛哭不敢仰视。参将张友福拥可法出小东门，北兵至，可法大呼："史可法在此。"豫王犹欲降之，可法曰："天朝大臣，岂肯偷生作万世罪人！"遂遇害。

民育，济宁人。握印坐堂上，不屈而死。

孝缵，字申伯。书其衣云："首阳志，睢阳气，不二其心，古今一致。"自经先师位前。

士琇，设烈皇帝之位，与其弟同缢。

附录：何刚，字悫人，华亭人也。以职方司主事监阁部军，兵溃被杀。钱应式女，自缢。刘乙然妻周氏与其女，同缢。其死难而姓名可知者，有江都县令鄞周志畏，字抑畏，癸未进士。县丞孝丰王志端，字研方。诸生王缵，字伯绵；王绩，字亚绵；王续，字叔绵；李澜，字学海；黎增，字□修；魏应泰，字泰来；熊胤明。医陈天拔，字西明。兴平伯都司程秀夫。武生戴之藩。又兵张有德。船户徐某。画客陆榆，字立梧西星之孙。民冯应昌。

五月壬午朔，晋黄得功为靖国公。

丁亥，北兵渡江，入京口。

居民施振环妻见兵至，挈其女投河。

辛卯，逆案袁弘勋犹上疏追理三案。

甲午，帝出奔。

丁酉，赵之龙等迎北兵入南都。刑部尚书高倬、礼部仪制司郎中黄端伯、钦天监博士陈仲弓、太学生吴可基、诸生潘履素、武举黄金玺死之。

倬，号枝楼，重庆忠州人，乙丑进士，先一日自缢。

端伯，字元公，江西进贤人，戊辰进士。北人籍朝官姓名，端伯书大明忠臣黄端伯七字与之，乃被执。见之内院，端伯背立不屈，下于江宁狱中。豫王欲降之，不可。越三日，谓之曰："吾不强汝以官，剃头改冠，则任汝所之也。"端伯曰："吾志已决，不能易矣。"始命杀之。端伯跌坐为偈曰："觌面绝商量，独露金刚王。问我安身处，刀山是道场。"一奴拱立其侧，端伯挥之去，不肯，卒同死。

仲弓，上海人，自缢公署中。

可基，新安人。衣白衣，书绝命词于上曰："蹇遇逃君臣，临危犹保身。甘心命节义，耻服北夷人。"缢死鸡鸣山关壮缪祠。已收其尸，袖中有银三两，题封买棺。

履素，江右人，先一日自缢。

金玺，江宁人。大署于壁曰："大明武举黄金玺，一死以愧为人臣而怀二心者。"自缢。

附录：户部主事吴嘉胤，号方旳，华亭人。六月二十四日，下令剃发，嘉胤命仆捧冠带，至木末亭①，进拜方正学像，自缢于树。一仆欲解之，其一曰："不如令吾主尽节。"中书舍人龚廷祥，字伯兴，无锡人。五月二十二日，投武定桥下。陈士达，金陵人。不肯剃头，投水死。水师副总兵金录，四川人。同诚意侯刘孔昭入海，风阻失队，为北兵所截，金录以金帛系妻沉之，取白玉带自束。或怪其仓卒腰玉，金录曰："玉重不浮，且朝廷名器，不宜委之。"投水而死。操江都司彭性述②，九江人。五月十九日，投水死。侯指挥妹，自缢。安庆巡抚都御史张亮，左兵至安庆，出走，北兵执之于六合，过黄河，夜半，跃入水中死。

甲辰，帝被执。靖国公黄得功死之。

得功以御左兵调芜湖，帝幸其营。北兵追帝，而得功前金锋马岱已降。得功督兵前进，岱断浮桥，士卒溺死者无算。得功惶急过刘良佐船，不知良佐亦降。中箭不死，遂自刎。得功死而帝北狩，至明年八月遇害。隆武即位，豫以质宗谥之，得功赠沘水王。

癸卯，马士英以太后至杭州。

刘宗周曰："士英亡国之罪，不必言矣。焉有身为宰相，弃天子、挟母后而逃者？当事既不能正名讨贼，国人曷不立碎其首乎？昔贾似道死于郑虎臣之手，今求一虎臣，亦不可得，何怪乎国之倾覆也。"

溧阳诸生谢球建义。

---

① 木末亭：原文为"水末亭"，当误。
② 述：原文为"迷"，当误。

球,字石攻,温处兵备道鼎新之子也。建议募兵,归者如市。士卒欲取饷民间,球不许而散。九月,为北兵所执,使之输货。球曰:"我大明诸生,岂以货活!"至溧水,杀之。

附录:溧水汪氏女,年十四,闻北兵至,投石臼湖中死。

六月乙卯,潞王监国于杭州。

甲子,分守台绍道于颖上疏请诛马士英。

刘宗周与颖书曰:"监国举动,尚无足恃。此等疏即宜朝上夕下,何至四五日全无行止。景泰初,王竑撞杀马顺,而监国规模次第可观,惜无其人耳。今明府立发第二疏,不必候旨,随发三疏,必行其说而后已。即宗社自此丘墟,亦可下见高皇帝于九京,于臣子分义,亦浩然于天地间矣。"

北兵至杭州,监国潞王率群臣以降。

左都御史刘宗周,苏松巡抚右佥都御史祁彪佳,诸生王毓蓍、潘集、周卜年死节于浙东。

宗周,字启东,山阴人,学者称为念台先生。闻潞王降,方进食,即命撤之。越城降,朝于祠堂,出避郭外。诸生秦祖轼上书,以袁阆文 ① 谢故事解之。答曰:"北都之变,可以死,可以无死,以身在削籍也,而事则尚有望于中兴。南都之变,主上自弃其社稷而逃,仆在悬车,尚曰可以死,可以无死,以俟继起者有主也。监国降矣,普天无君臣之义矣。犹曰吾越为一城一旅乎?而吾越又复降矣,区区老臣尚何之乎?若曰身不在位,不当与城为存亡,独不当与土为存亡乎?故相江

---

① 阆文:原文为"□□",据《南明史料(八种)》(江苏古籍出版社1999年版)改。

万里之所为死也。若少需时日，以待有叠山之征聘而后死。叠山封疆之吏，非大臣比，然安仁之败而不死，终有遗憾。宋亡矣，犹然不死，尚有九十三岁老母在堂，恋恋不决耳。我又何恋乎？今谓可以不死，可以待而死，随地出脱，终成一贪生畏死之徒而已。系之辞曰：'信国不可为，偷生岂能久？止水与叠山，只争死先后。若云袁夏甫，时地皆非偶。得正而毙焉，庶几全所受。'"宗周不食久，渴饮茶一杯，精神顿生，曰："此后勺水不入口矣。"宗周谓门人曰："吾今日自处无错否？"门人曰："虽圣贤处此，不过如是。"宗周曰："吾岂敢望圣贤哉！求不为乱臣贼子而已矣。"或传金华建义，先生宜不死。宗周曰："吾学问千辛万苦，做得一字，汝辈又要我做两字。"闰六月初八日卒。前后绝食者四旬，勺水不入口者十有三日。

彪佳，字虎子，从宗周讲学。北人有书征之，彪佳拜家庙，处分后事，封于箧中。夜半月黑，分庙中之烛，出照水滨，端坐水中而死。家人觉而寻之，烛犹未见跋也。

毓耆，字玄趾。闻宗周饿未即死，上书曰："□官俱受，吾辈非复大明黎赤矣。先生早自决，毋为王炎午所笑。"乃作《致命篇》，手书数十纸。漏下二鼓，携灯独出，遍揭之通衢，赴水于柳桥下。

集，字子翔，与其友刘世鹍约死。相痛饮，世鹍送集赴水，其后世鹍客于清弁。

卜年与集友，亦赴水死。

钱塘知县顾咸建被杀。

咸建，字汉石，昆山人，癸未进士。潞王之降，咸建独弃官而走。北抚追之，及于吴江。令其剃头改冠，咸建曰："不仕以完臣道，不髡以完子道。"朔日杀之，悬其头于鼓楼，一蝇莫集。

行人陆培、邵武，同知王道焜死节于武林。

培，字鲲庭，庚辰进士。上书，与其兄圻自缢。

道焜，字昭平，自缢。

临安知县唐自彩被磔。

自彩，字两望，四川人。据青山自守，被执。见北抚直立不跪，左右挽之，终不可。

瑞昌王建义。

卢象观，字幼哲，宜兴人也，登癸未进士。北兵既渡，象观与瑞昌王遇于湖上。时王尚为宗室，未有封号，乃入于忠肃祠盟誓，起兵茅山。南京人朱君兆者，尝结其城中豪杰以待变。象观将攻南京，使君兆为内应，王亦从君兆入城。已而象观遣僧约君兆某日举火，乃僧之北相所告变，北相戒严，而自举火以诳象观。象观兵遂薄城下，烧太平门，北兵出骑蹂躏之，象观大败走。因族君兆家，而王匿水窦中得逸。复与象观至宜兴半山，稍收士卒，出攻溧阳，象观中流矢，寻卒。象观死，王不能军，而广德人方明迎之。

方明，字开子。以海中黛山屯田都司入浙中道，而南都已陷。明素与吴兴豪杰相结，乃还攻广德，破之，军声颇振。王既入方明军，义师复多应之者。于是破孝丰、临安、宁国县、宁国府，而开府于孝丰。隆武皇帝册封瑞昌王，从事诸臣，授官有差。亡何，北帅张天禄由徽州出陷孝丰，王兵散，而明走浙东。其明年，明至长兴，有疑其为奸细者，执至防将郭虎所。

乃虎之小卒有曾事明者，见明不觉屈膝，始知为明，斩之。

潘文焕，镇江人也，尝佐瑞昌王，王兵散，匿于茅山王家庄民舍。其部曲喜正之镇江买弓，事觉，有司捕正杂治之，正遂言王所。有司使其裨将从正捕王，裨将不欲得王，近王家庄，放炮，欲以惊走王。而王适在田间，正遥见呼之，于是，裨将不敢隐，王乃见害。事连文焕，文焕见正，啮指而骂曰："吾等生死，何所损益。吾王一日未死，人心一日未散。天下大事，乃为汝鼠子所坏。"奋臂断缚而批其颊。文焕之子哭，文焕曰："我死忠，汝死孝，传至天下后世。若老死牖下，邻里亲戚而外，谁知之者。"传至金陵，过叶家渡，题诗壁间。欲屈之，不得，被杀。女不食死。

附录：丹阳诸生袁钟，宜兴陈用卿以沙壶著名，金坛张景汉、景潮，皆从王死义。

嘉兴建义，以屠象美主之翰林。

北兵以大炮击之，城崩，象美从他门出走。士民追象美杀之，复相固守。至闰六月二十八日始陷，北兵屠之。

吏部尚书徐石麒死节于嘉兴。

石麒，字虞求，闻南都失守，即避之城外。嘉兴建义，石麒犹不入。城将破，石麒曰："吾当归死城中。"二十五日入城，遗笔曰："我生不辰，会当阳九；流氛陡发，龙驭上宾。边燧旋扬，鸾舆继逊。去岁含哀忍死，赴召秉铨，自谓尽忠后皇，即是仰报先帝。岂图归田不久，国难频仍，于野未安，王畿再破[1]，

---

[1] 再破：原文为"□□"，据《南明史料（八种）》（江苏古籍出版社1999年版）改。

忿都会之摧坏，伤士女之流残。积力销亡，既不能单骑传呼，使异邦之谢过；年齿衰暮，又不能肃清宫禁，致宗社之奠安，惟有决志歼身，见危授命，若得魂骑箕尾，安问魄滞沟涂！下达黄泉，见父无惭于教育；上游碧落，觐帝不愧于裁成。苟无迕于君亲，庶有词于忠孝。以吾郡完毁，为此身存亡。"自经而死。仆祖敏、李成，从死。

海宁举人周宗彝建义，兵败死之。

宗彝，字五重，派钱光绣饷，光绣引北兵杀之。

附录：祝渊，字开美，癸酉举人。左都御史刘宗周之弟子。北兵至，不食。有难之曰："子以草莽臣而死节，无乃过乎？"渊曰："吾以上书为世指名。夫名之所在，攘臂而争之，害之所在，畏首而避之，此何异市井贩夫之智也。"难者曰："子不从犯，亦可逃之释氏乎？"渊曰："释氏独非胡乎？舍彼而从此，则牛羊何择焉？"卒守志而死。或曰："时渊已病甚。"

总兵陈梧建义平湖，兵败走。

附录：陈铭妻戚氏赴水死。诸生林鸿妻沈氏投水发浮，北兵出之，大骂被杀。诸生孙锷妻俞氏投水死。诸生□铎妻为北兵所执，啮兵一指，被杀。

兵部侍郎沈犹龙，兵科给事中陈子龙，下江监军道荆本彻，中书舍人李待问，举人章简、徐孚远，总兵黄蜚、吴志葵，建义松江。

初四日，志葵以吴淞总兵官自海入江寨泖中，过澱湖，攻入苏州。而浏河参将鲁之玙，字瑟若者，为其前锋，围北兵于白塔寺，塞门焚之，北兵突围死战，之玙以步抵骑，不敌而死。志葵复还泖，会本彻、蜚从无锡进太湖，拥船千艘，亦至泖中。犹龙等召募义兵千人，各为战守之备。城守近百日，至八月，乡绅潜通于北，为其后自免之地。人心遂离，降将李成栋攻陷之。犹龙、待问、简，吏部主事夏允彝、华亭县教谕眭明永，举人吴纯如、傅凝之，诸生胡名荃、戴池泓、徐念祖、夏完淳皆死。而蜚、志葵见获，北相杀之。

犹龙，字云升，丙辰进士。

待问，字存我，癸未进士。城破，危坐室中，被害。

简，字次弓，不屈死。

允彝，字彝仲，丁丑进士，自沉而死。绝命词云："少受父训，长荷国恩。尽心报国，矢死忠贞。南都继覆，犹望中兴。中兴望杳，何忍长存。卓哉吾友，虞求广成，勿斋纯如，子才蕴生。愿言从之，握手九京。人孰无死，不泯此心。修身俟死，敬励后人。"子完淳，字存古，亦死。

明永，字嵩年，丹阳人，不肯剃发。八月初三日，书绝命词于明伦堂曰："明命其永，嵩祝何年。生忝祖父，死依圣贤。"遇害。

念祖，字无念，故相阶之后也，阖室自焚。

附录：陈君秀妻杨氏，投河死。蒋敬妻颜氏，触刃而死。云间二女，一未嫁，投阁赴水；一新嫁，为北兵所掠，骂不绝口而杀。

苏州少詹事徐汧、诸生顾所建，投水死。

汧，字九一，戊辰进士。所建，字东吴，题诗于壁，投泮水中。

金山卫参将侯承祖守城不下，城陷，死之。

承祖，字怀玉，与其子世禄城守。八月二十日，北兵破之。世禄身被四十矢，不屈死。承祖被执，降之不可。曰："吾祖宗为官二百八十年，今日之死，分内事也。"

附录：张烈女同母嫂匿于生圹中，事觉，北兵号于外曰："出则免若，否则刃将入焉。"母嫂皆出，烈女受刃而死。

通政司左通政侯峒曾建义于嘉定。城破，与其子玄演、玄洁，其友癸未进士黄淳耀，举人张锡眉、龚用圆，诸生马元调、黄渊耀、夏云蛟、唐昌全等皆死之。

峒曾，字豫瞻。闰六月，北设官至嘉定，峒曾建义旗，城守拒之。北兵来攻，亡失甚众。越三日，而城中人有为北应者。城陷，峒曾时在城上，士卒皆曰："吾曾受公厚恩，尚可卫公出走。"峒曾曰："与城存亡，义也。"已而赴水。玄演，字几道；玄洁，字云居，从之。峒曾曰："吾死义也，夫二子者何为？且有祖母在，不可。"对曰："有玄瀞以奉祖母矣，何忍吾父之独死也。"语未毕，有奴趋告曰："贼至矣。"相挽而没。降将李成栋斩峒曾首，悬之。大掠去，使别将守嘉定。有金生者，夜窃峒曾之首，藏之箧中。峒曾之叔某，自野舆棺入收其尸，方敛，闻有哭声，自外入者，则金生负箧而至也。

淳耀，字蕴生。城破，避之西方庵。问其从者曰："侯公何若？"曰："死矣。"曰："吾与侯公同事，义不独生。"乃书壁云："读书寡益，学道无成。进不得宣力王朝，退不能洁身远引。耿耿不没，此心而已。大明遗臣黄淳耀自裁于城西僧舍。"其弟渊耀，字伟恭者，谓曰："兄为王臣，宜死；然弟亦不愿为

□□之民也。"淳耀缢于东,渊耀缢于西。

锡眉,字介祉。守南门,奸民导敌自北门入,峒曾与锡眉登陴而见之。锡眉曰:"事急矣,盍各自裁。"峒曾曰:"然。一辞家庙,行矣。"锡眉曰:"我无以返家为也,即别公此所。"解带缢于城楼。峒曾遥视,再拜而去。

用圆,字知渊。分守城门,城陷,赴水死,二子从之。

元调,字巽甫,娄坚之门人也。当建义时,元调年七十矣。以所善诸生唐昌全字圣举,夏云蛟字启霖,助调兵食。城破,元调死之,相继者十四人。

兵科给中时敏,奉义阳王建义于常熟,寻败。

附录:诸生项志宁,不肯削发而死。

昆山建义。郧阳抚治都御史王永祚主之。

附录:陈氏,北兵掠之,乘间刺杀北兵,自刎。

江阴建义,阎典史主之。

阎其不知何许人也,为江阴典史。北兵渡江,弃官而隐江阴之野。北官至,下教辫发胡服,江阴人不奉教,乃殴北官,杀之,共迎典史。典史曰:"今日之事,非有所强于诸人者,诸君其无以生死为计。"江阴人皆曰:"诺。"于是收城中粮物器食均用之。离乡聚,皆发伏以待。两月之间,北兵至者,馘于境上,豫王发其鱼皮万余人,使降将刘良佐将之,直薄城下。良佐招降,守陴者噪而诟之。典史乃户赋竹器,盛木绵浸水,夜半潜悬陴睨。北兵用西洋炮击城,铅弹累累入竹器。已而开门搏战,离乡聚伏皆应之,杀鱼皮无存者。豫王大怒,自将以围江阴。典史曰:"江阴,小邑也;北兵乃围我,我何以逞?"

聚江阴人而哭。江阴人各率其妻子至督学署中，闭而焚之，火三日夜不息。北兵疑，不敢攻。是时，三面皆北兵，截大江，典史与其勇士暮津大江而去。北兵入城，空无人，惊叹者久之。或曰："典史已死于乱兵。"戚盘居城外为犄角，论功独多。城将破，盘曰："吾之所以戮力者，为此城也。当死城中，以成吾志。"乃入城自缢。

夏维新，字灿焉，癸酉举人；王华，字人玉，诸生，城陷皆死。

冯厚敦，字培卿，金坛人也，为江阴儒学训导。城破，冠带坐明伦堂，抽匕首自刎。

徐趋，字佩玉；黄毓祺，字介子，聚兵竹塘，以应城中。城既破，北使故明淮安道刘景纬令之，趋被执，见之长揖。景纬曰："汝诸生不当跪父母官耶？"趋曰："我方□汝，何为父母汝？汝为大明进士，位至监司，即郡守亦跪汝，今降而为令，且跪郡守。是为□亦不善为□矣，尚欲与诸生争体统乎？"景纬无以应，下狱杀之。毓祺亡命海陵，寓书其所善江一小者，用故时主上所给官印识之，而为小一之客所得，江甚惧祸，遂告变，捕毓祺入狱。狱期将决，其友邓大临告之期，毓祺命取袭衣自敛，趺坐而逝。

通城王建义于长兴。

王，号清潮。初，洞庭山民梦洞庭树旗，上书"清潮"二字。已而王至，皆以王之祥也。故从者甚众。葛麟，字苍公，丹阳举人也。八月二十八日，从王战北兵于湖中。持长矛刺五六十人于水，为北兵所目。曰："长而肥者，麟也。"聚箭射之,投水而死。

金有镒,长兴人,以总兵再破湖州,兵败死之。

进士吴易建义太湖。

易,字日生。聚壮士数千人,退居湖中,乘间出,杀北兵,道路为梗。北兵大举入湖,易先令士卒之善舟者,杂农民散处湖畔。北兵掠民船千余,即湖畔捕人操之,义兵遂尽操北人之舟,鼓棹而出,至中流,尽弃棹而入水,凿沈其船,北兵歼焉。浙、直震动。王上以兵部侍郎命之,封长兴伯。八月二十一日,北兵又大举破其营,而同事诸生沈自驹、自炳,吴福之皆死之。举人孙兆奎执至金陵。其明年,易潜至嘉善,有输情于北者,遂为所得。

自驹,字君牧。自炳,字君晦,吴江人。初,其兄自征任侠,知天下有变,造渔船千艘于湖,自征死而变作。自驹、自炳乃收其船以聚兵,故易得因之而起。

福之,字公佑,武进人,父钟峦。后死舟山之难。

兆奎,字君昌,吴江人。被执,见北相洪承畴而问曰:“先帝时有洪承畴者,死于节矣。今汝亦名洪承畴,一人耶?两人耶?”承畴曰:“汝莫问其为一人、两人,只做汝一人事。”且斩之。

文乘,字应符,故相震孟之子也。阴与易通,为人告变,题诗曰:“三百年前旧姓文,一心报国许谁闻。忠魂今夜归何处,明月滩头吊白云。”遂见害。

右金都御史金声建义于徽州。

声,字正希。崇祯元年,选入翰林为庶吉士。明年十月,北兵阑入大安口，薄都城，上忧甚。声以新被知遇，乃荐其所知僧申甫为将，即改声御史，监其军。仓卒无兵可用，申甫召募长安中人，得数千，将之。复古车攻之法，阵于卢沟桥。北兵乃绕出其后，御车者惶急，不得转，为北兵斩馘略尽。申甫死，而声黜归田里。马士英调黔兵至凤阳，枉道掠新安，声与其郡推官吴翔凤率乡勇歼之界上。士英与声相讦，天子直声，复翰林，未之官，而北都陷。弘光即位，起金都御史，不就。至是起义，北兵攻之，五月不下，降将张天禄从间道袭破之，执声至南都。声门士江天一，字文右者，追声，及之途，声曰："此何与汝事，而来何乎？"曰："天一可同公建义，独不可同公死乎？"当是时，南都改服已久，声与其徒峨冠大带而入，道路聚观。北相降声，遣人私语。天一呼曰："先生之千秋在此刻也。"声曰"诺。"牵至清水塘将斩之。声谓行刑者曰："但绝我气，毋断我头！"于是捋须仰面，饮刃而没。天一亦被杀，而声邑人王世德乃自刭。一时死声之傍者六七人，知姓名者二人而已。

隆武皇帝赠声礼部尚书，天一兵部主事。指挥汪秋汉、余公赞守岭南，北兵至，自刭。

中军程士皮、诸生项千里、武举洪二魁，皆被获而杀；许伯，字伯辅，阵亡。

推官温璜，字宝忠，乌程人，自刭。

吴应箕，字次尾，贵池人，募一旅以应声，兵溃，逃婺源山中。名捕得之，将戮于市。应箕不可曰："吾血不当落尘中！"已至松下，应箕曰："此吾毕命之所。"有卒拟刃向之，叱曰：

"吾头岂汝可断！"一裨将颇敬应箕，应箕拱手谓之曰："以此劳公。"

附录：马嘉，字六礼，壬午举人；方国焕，字孔文。剃发命下，嘉为绝命词，国焕赋诗，皆缢死。

山东巡抚都御史邱祖德同钱孝廉举义于宁国。

祖德，字令修，成都人。起家宁国推官，及为巡抚，贼至而逃，至是建义，寻败，被磔。

麻三衡，字孟璿，宣城诸生也。起兵东华阳山，以应祖德，被执至金陵。赋诗云："吴越连沙漠，天人不可留。誓存千丈发，笑看百年头。若水心犹烈，平原事不酬。西风吹宛句，断送五湖秋。"杀于通济门外。隆武即位，赠国子监博士。

泾县建义，被屠。

赵初浣，字雪度，诸生。以建义被杀。

盐城诸生司石盘起义。

石盘同鄞都司起义，兵败，执之淮安。北抚命之跪，不屈，仆之。鄞都司欲脱石盘，曰："此故诸生，吾劫之为书记耳。"石盘大呼曰："公何言之谬也？吾实首事。"下狱六十余日，狂歌痛饮。临刑，大骂而死。

附录：六合诸生马纯仁，字朴公。年十八，不肯剃发。闰六月二十二日，函书付其妹曰："吾三日不归，以此白之父母。"袖大石投浮桥水中。发函，得铭曰："朝华而冠，夕□而髡；与丧乃心，宁死乃身。明棠处士，朴公纯仁。"金坛木工汤士鳌，剃头将及，哭祭祖考，投水死。山东兵部主事王若之不剃头，被获，强之剃，不可曰："留此发以见先帝耳。"戮之。邱州太学生王台辅大会亲友，永诀。乘牛车出郭，之相山坟所自缢。无锡副总兵何以培，六月十二日以不受官见杀。

使臣兵部左侍郎左懋第被杀。

懋第，号萝石，莱阳人也。使北，将馆之四夷馆，不可。曰："此中国以之待夷狄者，而以之待中国乎？"乃改馆鸿胪寺。自沧州追还，北欲降之，使其弟懋泰来见，诃之而去。江南下，北谓之曰："汝之所以不降者，江南在耳，今何归而不降乎？"懋第曰："降则何待今日，吾之所以不死者，图反命耳。今国破，有死而已。"作《沁园春》一阕："忠臣孝子，两全甚难，其实非难。从夷齐死后，君臣义薄，纲常扫地，生也徒然。宋有文山，又有叠山，青史于今万古传。他两人、父兮与母兮，亦称大贤。　　嗟哉！人生易尽百年。姓与名，不予人轻贱！想多少蚩愚稽首、游魂首邱，胡服也掩黄泉。丹心照简，千秋庙食，松柏耸天风不断，堪叹他时穷节，乃见流水高山。"杀之无血，唯白乳满地。

总督佥都御史袁继咸被执。

继咸，字临侯，江西人也。总督应安江楚。左梦庚既降，劫继咸以去，继咸求死不得。八月初四日，至北都，诸降将朝见，继咸冠服如故，曰："某是累臣，不是降臣，无入朝礼。"北臣来见，刘学士曰："弘光立得是否？"曰："神宗诸子，光宗长，福王次之。毅宗无子，今上福王长子，伦序甚明。"刘曰："崇祯未葬，弘光安得遽立？"曰："清朝所论者，春秋之义；明臣急于定策者，社稷之谋。"刘又言弘光诸不道状。曰："既已为君，即吾君也。君父之事，非臣子所当言。"刘语塞而去。已令剃头,继咸曰:"弃其生平,虽生何用?"杀之三忠祠前,明年六月二十六日也。

秋七月庚戌朔。

江西巡抚旷昭迎降,万安知县梁于涘不下。

金声桓既降,即为北狗地,驻于九江。昭患之,然不知其为声桓,以为金之俊也。有胥吏郜国本者,以侵粮系狱,自言为之俊旧役,可以招之。昭具金帛,遣国本往,至则始知为声桓也。国本即以金帛迎降,声桓遣使同国本还。国本盛称金兵不可敌,昭大惧,款其来使。国本出而摇惑众心,定迎降之策。昭亡走吉安,而江省变,遂为声桓有矣。

于涘,号谷庵,江都人,癸未进士。郡邑皆下,于涘独婴城固守,援绝不支,被执,下南昌狱五十三日,作绝命词曰:"但知生富贵,谁识死功名。到头成个是,方见古人情。"自缢而死。

东浙、闽中建义,虽俱在闰六月,而此不载者,以事属监国、隆武两"实录"也。此所载,亦有□□所命者。然皆遥命之,非刑赏所加也。

南京稀见文献丛刊

金陵野钞

（明末清初）顾苓 撰

点校　金毓平

南京出版传媒集团
南京出版社

崇祯十七年甲申,三月十九日,逆贼李自成入京师,上及皇后殉宗社,皇太子、定王、永王不知所在。

四月十二日,南京百僚集^①守备南京中军都督府都督魏国公徐弘基^②家,议推戴讨贼。时福王、潞王、周世孙各避贼南下。南京兵部尚书、参赞机务史可法督兵勤王至淮安。提督凤阳、兵部左侍郎、都察院佥都御史马士英移书可法及南京礼兵二部侍郎吕大器等,请以伦序奉显皇帝次子之长子福王。

二十四日,南京户部尚书高弘图^③、礼兵二部侍郎吕大器、都察院右都御史张慎言、掌翰林院詹事府詹事兼侍读学士姜曰广、吏科给事中李沾、河南道御史郭维经等,及魏国公徐弘基、抚宁侯朱国弼、安远侯柳祚昌、提督操江诚意伯刘孔昭、南和伯方一元、守备南京司礼监太监韩赞周集大内,议未决。沾厉声言:"今日有异议者,以死殉之。"遂以福王告太庙。

二十八日,弘基及御史陈良弼、朱国昌迎福王于江浦。

二十九日,南京百僚迎见福王于燕子矶。王讳由崧,神宗显皇帝孙,福恭王世子,万历三十五年七月十一日生。初,

---

① 集:原文无此字,据风雨楼藏清钞本补。
② 徐弘基:原书作"徐宏基",避弘光讳,下同。
③ 高弘图:原书作"高宏图",避弘光讳,下同。

封德昌王。崇祯十四年五月,贼破洛阳,福恭王遇害。世子缒城出,奔怀庆。十六年六月,袭封福王。十七年二月,贼破怀庆,南奔。

五月戊子朔,福王谒孝陵。王至陵,避御路,从西门入,祭告涕泣。拜懿文皇太子陵。入谒奉先殿,止宿内守备府。己丑,百僚三上笺劝进,不允。

庚寅,福王监国于南京,大赦天下。谕曰:"我国家二祖开天,昭宣鸿业,列圣缵绪,累积深仁。大行皇帝,躬行节俭,励志忧勤,宵旰十有七载,力图剿寇安民,昊天不吊,寇虐日昌,乃敢震惊宫阙,以致龙驭升遐,英灵诉天,怨气结地。呜呼痛哉!孤避乱江淮,惊闻凶讣,既痛社稷之墟,复激父母之仇,矢不俱生,志图必报,然度德量力,徘徊未堪。乃兹臣庶,敬尔来迎,谓倡义不可无主,神器不可久虚,因序谬推,连章劝进。固辞不获,勉循舆情,于崇祯十七年五月初三日,暂受监国之号,朝见臣民于南都。孤夙夜兢兢,惟思迅扫妖氛,廓清大难,德凉任重,如坠谷渊,同仇共助,犹赖尔臣民。其与天下更始,可大赦天下。"

发大行皇帝丧于天下。

进南京兵部尚书史可法兼东阁大学士,改南京户部尚书高弘图礼部尚书兼东阁大学士,俱入阁办事。进提督凤阳、兵部左侍郎兼都察院佥都御史马士英兵部尚书、都察院右副都御史,仍提督①凤阳。士英,贵州贵阳人。巡抚宣府,以不修

---

① 督:原文无此字,据风雨楼藏清钞本补。

边备、任用喇嘛,于崇祯五年十月,逮讯遣戍。十五年四月,宥罪起用,提督凤阳。初,士英居南京,与阮大铖善。大铖在天启间为光禄寺卿,以阴行赞导丽逆案为民,士林贱之。周延儒之再召入阁也,大铖谋复起,延儒谢不能,则以士英为请,竟起用之。

以南京都察院右都御史张慎言为吏部尚书。

命兵部职方司郎中万元吉宣谕总兵官黄得功、刘泽清、高杰、刘良佐。得功,辽东人,以擒叛将刘超献俘,崇祯十七年三月四日,与左良玉、吴三桂、唐通同日封靖南伯。泽清,山东人,以功授右都督充总兵官,镇守山东,驻临淄。崇祯十七年三月,召入援。三月,南奔淮安。杰,陕西青涧人,以贼降,立功。十七年二月,调赴督辅李达泰军前,督辅师溃,奔泗州。良佐,徐州总兵官,败土贼袁时中于宿、亳、蒙城间,同得功破贼安庆。十七年正月,从正阳下临淮。元吉,江西南昌人,以永州府推官辟督抚杨嗣昌军前,监纪大理寺评事。崇祯十六年三月,以兵部职方司员外,赞画军前。为人忠义慷慨,机敏勤事,久历行间,诸将心折之。

甲午,召礼部尚书王铎兼东阁大学士,以掌南京翰林院;詹事府詹事姜曰广,为礼部侍郎兼东阁大学士,俱入阁办事。铎,河南孟津人,与弟镛子无党,避贼怀庆,监国所识也。

以南京兵部侍郎吕大器为吏部左侍郎、太常寺卿,何应瑞为工部左侍郎。

召还前都察院左都御史刘宗周为都察院左都御史。宗周,浙江山阴人,以请释姜埰、熊开元革职。

庚子,召募兵江南。兵部尚书张国维原官佐理戎政,前刑部尚书徐石麒为都察院右都御史,前巡抚江西解学龙为兵部左侍郎。石麒,浙江嘉兴人,以不讯姜埰,闲住。学龙,以荐黄道周,廷杖,遣戍。

以南京吏科给事中李沾为太常寺卿,南京河南道御史郭维经为应天府丞。以吏科左给事中察核上江水师左懋第为太常寺少卿,顺天府丞张有誉为户部右侍郎,总督仓场。

召还各科给事中章正宸、熊开元、姜埰,各道御史乔可聘、李模等。

以前兵科都给事中许誉卿为光禄寺卿。

以总兵官郑鸿逵镇九江,黄蜚镇京口等处。

五月壬寅,监国即皇帝位,改明年为弘光①元年,大赦天下。

东阁大学士史可法请督师江北,许之。

癸卯,命提督凤阳马士英入值,兼掌兵部事。

召礼部右侍郎顾锡畴为礼部尚书、操江都御史高倬为工部左侍郎、詹事府少詹事黄道周为礼部右侍郎。道周,福建漳浦人,初,以少詹事召对,忤上意谪江西布政使司都事,巡抚解学龙疏荐之,并逮,杖阙下。户部主事叶廷秀、国子监生涂仲言各疏救,并杖阙下,四人俱戍边。十五年八月,召还道周原官。

甲辰,分设淮、扬、凤、卢四镇。封总兵官高杰兴平伯、

① 弘光:原书避弘光讳,作"宏光",下同。

刘泽清东平伯、刘良佐广昌伯,进靖南伯黄得功靖南侯,分领之。

进宁南伯左良玉宁南侯,世镇武昌。

以忻城伯赵之龙,总督京营戎政。

乙巳,以御史祁彪佳为都察院右佥都御史,巡抚苏、松等处。

丁未,吏部尚书张慎言疏荐前大学士吴甡、吏部尚书郑三俊,又条议从贼之臣,自拔南来者,酌定用之之法。

庚戌,早朝毕。诚意伯刘孔昭呼九卿科道于道,骂慎言曰:"举朝宜以全副精神,注于雪耻,除于防河、防江,乃今日讲推官,明日讲升官,结党行私,奸臣误国。"御史王孙蕃诘孔昭曰:"先帝裁操江都御史归提督,操江亦未见作何事业?"文武喧争,声彻殿陛。明日,各补疏纠参。慎言乞休,不允。

乙卯,进蓟辽总兵官平西伯吴三桂蓟国公,给诰券、禄米。遣中书舍人沈廷扬,海运漕米十万石、银五万两济其军。先是,三桂闻京师破,投建州女真^①,导之入关。贼李自成出御之,四月二十四日,大败于一片石,复入京抄掠,焚宫殿。三十日,西遁。

女真墨勒根,自称大清摄政王。五月二日,示谕南朝官绅军民人等:"曩者,吾国欲与大明和好,永享太平,屡致书,不答,以致屡次深入,期尔朝悔悟,岂意坚执不从,今为流寇所灭,事属既往,不必论也。且天下者,非一人之天下,惟有德

---

① 女真:原书作"女直",下同。

者居之。我今居此，为尔朝雪君父之仇，破釜沉舟，一贼不灭，誓不返辙。所过州县地方，有能薙头投顺，开城纳款，即与世守爵禄，如有抗拒，一到即玉石不分，尽行屠戮。"可法、士英，各以闻，议遣使女真。

以詹事府少詹事管绍宁为詹事，谕德吴伟业、徐汧为少詹事。

六月戊午，上大行皇帝谥曰绍天绎道刚明恪俭揆文奋武敦仁茂孝烈皇帝，庙号思宗，寻改号毅宗，陵曰思陵。大行皇后谥曰孝节贞渊肃恭庄毅奉天靖圣烈皇后。皇考先福王谥曰贞纯肃哲圣敬仁懿恭皇帝，寻改孝皇帝，陵曰熙陵。尊皇嫡母先福王妃邹氏曰恪贞仁寿皇太后。上皇生母姚氏谥曰孝诚端惠慈顺贞穆皇太后。祖母郑贵妃谥曰孝宁谥穆庄惠慈懿天裕圣太皇太后。追谥元妃黄氏曰孝哲懿庄温贞仁寿皇后。

己未，召前都督陈洪范陛见。

壬戌，召前光禄寺卿阮大铖，暂赐冠带陛见，士英所请也。大学士弘图请下九卿、科道集议。士英求退，不允。曰广、慎言、大器、沾、维经、给事中罗万象、御史詹兆恒、王孙蕃各疏纠，不听。大铖竟奏对。

时贼既西遁，总督漕运都御史路振飞擒伪官吕弼周，集士民射杀之。巡按淮扬御史王燮擒伪官胡来贺、李魁春，投之河；又擒从贼伪官武愫，以闻。济宁都司李允和起兵，杀伪官张问行；囚从贼兵备王世英请命。河南开封府推官陈潜夫，寨勇李知遇、刘洪起等，各杀伪官。前兵部尚书、劝农河南丁启睿，以弟参将丁启光擒归德府伪官陈奇等七人献俘。真定府知府邱茂华,守城请救。衡王率青州府诸生杀伪官,请内徙。又闻前巡抚辽东黎玉田、前大学士谢升、御史卢世㴖共杀伪官十八人。于是加玉田兵部尚书,进升上柱国、少师兼太子太保,世㴖太仆寺卿,各赐敕奖谕,赏银币有差。启睿,河南按抚,前官如故。赐知遇、洪起。敕允和总兵官、启光副总兵。

丙寅,吏部尚书张慎言致仕,赉银币,给应得诰命。

以徐石麒为吏部尚书。

召前礼部右侍郎钱谦益为礼部尚书,协理詹事府事。上熹庙张皇后谥曰孝哀慈靖恭惠温贞偕天协圣哲皇后。

命太仆寺少卿万元吉,再往临淮、扬州、六合,调辑军民。时高杰欲入扬州,士民拒之。进士郑元勋出羊酒劳其军,因劝扬州人开城纳杰,民人哗,杀元勋于城下。督辅史可法入杰军镇抚之。驻杰城下,隶督辅为前锋,置挈瓜州。刘良佐攻临淮不克,移驻寿州。

戊辰,予前大学士刘一燝谥文端、贺逢圣谥文忠。

乙亥,复懿文皇太子谥曰兴宗孝康皇帝。常妃谥曰孝康皇后。上建文君谥曰嗣天章道诚懿渊恭觐文扬武克仁笃孝让皇帝,庙号惠宗。马后谥曰孝愍温贞哲睿肃烈襄天弼圣让皇后。上景皇帝谥曰符天建道恭仁康定隆文布武显德崇孝景皇帝,庙号代宗。汪后谥曰孝渊肃懿贞惠安和辅天恭圣景皇后。

丁丑,吏部左侍郎吕大器致仕。谢表云:"臣自此云游远涉,恐当事者误以姓名达渎天听,致行踪无获,臣不敢不预为请明。"

逆贼张献忠破重庆,瑞王遇害,前四川巡抚陈士奇等俱被杀。

赠沭阳县知县刘士爆山东佥事。士爆以女真破沭阳，不屈死。

巡按湖广御史黄澍入朝陛见，对仗斥士英入伪官周文江贿，题授参将，罪可斩。上曰："若有此事，先帝时何不纠举？"守备承天内员何志佐澍，司礼监太监韩赞周叱退之。澍十上疏，请杀士英，上趣赴楚，乃去。寻革职，逮不至。

戊寅，封福府千户常应俊襄卫伯。应俊从上避贼，有翊卫功，上即位，授左都督，进世封。

辛巳，以御史王燮为都察院右佥都御史，巡抚山东。

壬午，削大学士温体仁谥。予大学士文震孟谥文肃、礼部侍郎罗喻义谥文介、少詹事姚希孟谥文毅、南京兵部尚书吕维祺谥忠节。

甲申，以邱磊充山东总兵官。磊以候恂再督师，奏充山东总兵官，寻罢之，今以麾下多辽人，故有是命。

赠举人张履旋御史、前吏部主事程良畴光禄寺少卿、举人张申锡知州、诸生杨之金教授。履旋以贼搜捕，不屈，投崖死，吏部尚书慎言之子也。良畴，工部尚书注子，与申锡、之金起兵讨贼，不克，死之。

召对大学士弘图等，议使女真。

七月丁亥，祀高皇帝、后以下于奉先殿，以大行皇帝后祔。

戊子，予前督师兵部尚书卢象升谥忠烈。象升，与女真战贾庄死。

庚寅，起复丁忧应安巡抚左懋第为兵部右侍郎、都察院左都御史，经理河北，联络关东。加前兵部主事马绍愉太仆寺少卿、兼兵部职方司郎中，前都督陈洪范太子少傅。往奠先帝山陵，访东宫二王，赍大明皇帝致北国可汗书，酬银十万两，币称之。并赐吴三桂诏，款女真。懋第，山东莱阳人，崇祯十六年七月，以兵科左给事中，察核上江水师。十七年五月，迁太常寺少卿，寻巡抚应安。丁母忧，疏请与陈洪范倡义山东，图恢复，兼负母骸骨，不许。及议择大臣偕洪范北使，复上疏请行。吏、兵二部酌议，许之。绍愉于崇祯十五年，为兵部尚书陈新甲遣与女真讲款，以知县加兵部主事。革职，士英荐起之。懋第疏言不愿与绍愉同使。士英请改用王永吉，不许。

壬辰，追谥继妃李氏曰孝义端仁肃明贞洁皇后。

甲午，召陈洪范、马绍愉及廷臣入对，左懋第以丁忧不召。

庚子，万寿圣节，上御武英殿，受朝贺。

以开封府推官陈潜夫为江西道御史，巡按河南。

予随州知州王焘谥忠愍、山西巡抚蔡懋德谥忠襄。

癸卯，追谥颍国公傅友德武靖、宋国公冯胜武壮。

戊申，兴平伯高杰发兵守泗州及徐州。先是六月十二日，女真檄至济宁，一固山额驸石为传奏事；一平西亲王吴为抚安残黎事。平西亲王者，吴三桂也。七月二日，贼檄称统兵剿洗济宁，杰闻，发总兵一人率兵赴泗州，参将四人赴徐州。

乙酉，上传以户部左侍郎张有誉为户部尚书。大学士高弘图封还御札，争之，不听。

辛亥，上谕群臣曰："朕痛六九之运，方资群策，旋轸故都。乃自殿争成衅，穴斗成风。封事虽勤，庙算安在？先帝神资独断，汇纳众流。天不降康，咎岂在上？朕本凉德，冀尔文武大小诸臣，鉴于前车，匡复王室。昔汉宣起于艰难，丙魏合志；唐肃兴于灵武，李郭同心。今若衵分左右，口构元黄，天下事不堪再坏！兹特谕尔诸臣，和衷集事。刎颈之交，仇忘廉蔺；同车之雅，嫌泯复恂。朝廷以此望尔诸臣，尔诸臣以此体朝廷意。否则，祖宗成宪，弗尚姑息。特谕。"

尽释高墙罪宗，复庶人聿键为唐王。王，崇祯间，疏请除君侧之恶，指温体仁及诸内臣。九年十二月，遂以越国出境及毙两郡王，上命革爵禁锢。

以叶廷秀升都察院堂上官，徐仲吉、诸永明授翰林院待诏。廷秀于崇祯时救黄道周，廷杖，监国起补吏部史官。仲吉、永明皆诸生，以道周被累，皆解学龙所荐也。

巡按淮扬御史王燮奏："据北京逃回未任阳春县典史顾元龄称：'传言皇太子卒于乱军，定王、永王俱于贼走之日遇害于王府二条巷吴总兵宅内，老吴总兵亦被杀。'"吴总兵，三桂也。老吴总兵，名骧。

壬子，开经筵。以魏国公徐弘基知经筵，大学士史可法、马士英、高弘图、姜曰广、王铎同知经筵。协理詹事府、礼部尚书钱谦益等充讲官，检讨张居展书。

八月丙辰朔，日有食之。

丁巳，上幸国子学，祀先师孔子。

建安王府镇国中尉吏部候考朱统𨨏，疏纠大学士姜曰广迎立时有逆谋,其疏不由通政司入。礼科给事中袁彭年疏称:"祖制,中尉有奏请,先令长史司具启亲王,参详可否,然后给批赍奏,若候考吏部,则与外吏等,应从通政司封进,今何径何窦,直达御前?臣礼垣也,事在宗藩,皆得执奏。"通政司通政使刘士祯疏纠统镢越奏,求斥。不听。

戊午,以杨鹗为兵部侍郎兼都察院右佥都御史,总督川、贵、湖、广、广西军务。

己未,浙江总兵官王之仁,请开屯金塘、大榭,许之。

壬戌,召还丁魁楚,为兵部右侍郎兼都察院右佥都御史,提督楚、豫诸军,巡抚承德、襄阳等处。魁楚,前蓟督,失事遣戍。

甲子,逆贼张献忠破成都,僭称王。蜀王不知所终。

辛未,皇太后至南京。先是二月,上自怀庆避贼,与皇太后相失。

既即位,密遣内员谕河南参将王之纲,迎皇太后于郭家寨,李际遇等护行。百僚迎于江干,上跪迎洪武门内,各泣下。

壬申,召还越其杰为都察院右佥都御史,巡抚河南。樊一蘅为兵部右侍郎兼都察院右佥都御史,总督川、陕等处,恢剿军务。其杰先以佥事遣戍。一蘅,前宁夏巡抚。

乙亥,上传以张捷为吏部左侍郎。

丙子,以兵部职方司主事凌駧为浙江道御史,巡按山东。

赠宁远总兵官、掌中军都督府都督吴骧辽国公,谥忠庄。妻祖氏赠夫人,给祭葬。骧,三桂父也,不降贼,三桂起兵,故杀之,妻及二子一女皆遇害。

丁丑，封邹存义为大兴伯，皇太后弟也。

戊寅，以王永吉戴罪总督山东军务，给国书，同陈洪范等料理议款事宜。永吉以蓟督失事南奔，上疏待罪，赦而用之。

己卯，赠巡按湖广御史刘熙祚太仆寺卿，谥忠毅，荫一子。熙祚为贼张献忠所执，不屈死。

壬午，加前东阁大学士王应熊太子太保，改兵部尚书，总督川、湖、云、贵、广，办蜀寇，赐上方剑，便宜行事。以内阁中书舍人刘泌改兵部职方司主事，宣谕之。

封福建总兵官郑芝龙南安伯。

癸未，以应天府丞郭维经为都察院左金都御史。

召还前户科给事中瞿式耜为应天府丞。

乙酉，以阮大铖为兵部添设右侍郎。

九月丙戌，予前总兵官杜松谥武庄。松于万历四十七年二月，与刘綎、李如柏等，从辽阳誓师，分四路出，松越五岭关，渡浑河，伏发，力战死。

靖南侯黄得功趋扬州。兴平伯高杰伏兵上桥邀击之，得功仅以身免。杰复遣兵袭仪征，不克。太仆寺少卿万元吉解之，各罢兵。

丁亥，考选博士、行人、推官、知县。授蒋鸣玉、秦镛等各科道部属外府同知等官，凡十九人。

铸弘光通宝钱。

壬辰，例迁户科给事中陆朗，上留用之。吏部尚书徐石麒论朗，朗遂疏攻石麒及吏科都给事中章正宸。

癸巳，礼部尚书、太子少保、文渊阁大学士姜曰广致仕。

赐银币、驰驿,遣行人护行。曰广以票拟失事内臣孙呈琇,上批留用。又票拟评御史祁彪佳请革诏狱、缉事、庭杖,发改票揭,称皇上不以臣为不肖,使供事票拟,即不敢奉诏。上不以为忤。及朱统铤以迎立异议攻曰广,上谕士英曰:"潞王,朕叔父。立,亦本分耳。"

予祭酒陈仁锡谥文庄,赠詹事府詹事。

甲午,都察院左都御史刘宗周致仕。赐驰驿,给极等恩典。

调闽浙总兵官黄斌卿驻九江,九江总兵官郑鸿逵镇京口,京口总兵官黄蜚驻芜采。

例迁御史黄耳鼎江西按察司佥事,分巡南昌道。

戊寅,予礼部尚书董其昌谥文敏、都察院左副都御史张玮谥清惠、前督师大学士孙承宗谥文正、太常寺少卿鹿善继谥忠节,建祠,赐额。承宗子孙死难者,祔承宗。善继,高阳人,崇祯十一年,女真破高阳,承宗合门与善继死之。

庚子,予都察院右都御史沈子未谥恭靖、工部尚书沈徼炽谥襄敏。

追予建文死节文臣:文学博士方孝孺谥文正,赠太师。兵部尚书铁铉谥忠襄、礼部尚书陈迪谥忠烈、刑部尚书暴昭谥刚烈,俱赠太保。翰林院纂修周是修谥贞毅,赠詹事府詹事。御史大夫练子宁谥忠□①、御史大夫景清谥忠烈,俱赠太保、都御史。礼部侍郎黄观谥文贞,赠太子太保。户部侍郎卓敬

---

① □:原文缺一字,当为"贞"。

谥忠贞,赠太子太保。户部尚书、副都御使茅大芳谥忠愍,赠太子太保、都御史。大理寺少卿胡闰谥忠烈,赠刑部尚书。翰林院修撰王叔英谥文忠,赠礼部侍郎。刑科给事中黄钺谥忠献,赠太常寺卿。御史高翔谥忠敏、御史曾凤韶谥文毅,俱赠太仆寺卿。沛县知县颜伯玮谥忠惠,赠太仆寺少卿;子有为,谥孝节,赠翰林院待诏。浙江按察使王良谥忠毅,赠副都御使。苏州府知府姚善谥忠惠,赠太仆寺卿。济阳县学教谕王省谥贞烈,赠礼部员外郎。谷府长史刘璟谥刚节,赠大理寺少卿。金川门卒龚翊谥安节,赠翰林院待诏。武臣:魏国公徐辉祖谥忠贞,赠太师。都指挥瞿能谥襄烈,赠平阳伯。都指挥朱鉴谥庄烈,赠含山伯。燕山卫卒储福谥忠义,赠指挥使。又予侯泰谥忠贞、齐泰谥节愍,俱赠太保。张昺谥忠愍、郭仕谥清毅、卢回谥贞达、边升谥果愍、胡子昭谥介愍、金有声谥翼愍,俱赠太子太保。尚书陈性善谥忠节,赠太子太保、都御史。周璿谥肃愍,赠都御史。林石谥贞穆,赠吏部尚书。连楹谥刚烈,赠詹事。王艮谥文节、陈忠谥文敏,俱赠礼部右侍郎。邹瑾谥贞愍,赠大理寺卿。黄子澄谥节愍、卢原质谥节愍、廖升谥文节,俱赠礼部尚书。龚泰谥端果、陈继之谥庄景、韩永谥庄介、叶福谥节愍、戴彝谥毅直、陈本谥忠介,俱赠太常寺卿。魏冕谥毅直、甘霖、丁志方俱谥贞定、王彬谥忠庄、王度谥襄愍、谢升谥贞勤、林奂谥毅节、林嘉猷、陈彦回俱谥穆愍,俱赠太仆寺卿。谭翼谥贞愍、巨敬谥毅直、樊士信谥庄敏、徐子权谥贞确,俱赠光禄寺卿。高巍谥忠毅,赠太常寺少卿。周继瑜谥庄愍、郑恕谥惠节、张彦方谥庄恕、向朴谥惠庄、郑华谥贞庄,俱赠太仆寺少卿。宋征谥直愍,赠光禄寺少卿。唐子清谥义节、黄谦谥果毅,俱赠工部员外郎。陈思贤谥贞愍,赠礼部郎中。葛诚谥果愍,赠大理寺少卿。俞逢辰谥忠愍、石撰谥贞愍、程迩谥端直,俱赠苑马寺少卿。杜奇谥贞直,赠翰林院检讨。武臣:俞通渊谥襄烈,赠巂国公。杨嵩谥庄愍,赠霍邱伯。谢贵谥勇愍,赠英山伯。彭二谥武庄,赠舒城伯。马宣谥贞庄,赠全椒伯。宋忠谥庄愍,赠寿昌伯。孙泰谥勇愍,赠象山伯。庄得谥勇愍,赠分水伯。张皂旗谥英烈,赠淳安伯。俞瑱谥翼愍,赠东阳伯。俞瑄谥果节,赠西宁伯。张伦谥贞勇,赠保昌伯。崇刚谥庄愍,赠德清伯。妇女:方孝孺妻郑氏谥忠愍,赠夫人。黄观妻翁氏谥贞懿,赠夫人。曾凤韶妻李氏谥贞愍,赠淑人。王良妻□氏谥贞烈,赠淑人。储福妻范氏谥孝节,赠淑人。胡闰女郡奴谥孝贞。外赠文臣:王魁尚书,方孝友、俞贞木,俱翰林院待诏。黄彦清、钱芹,俱光禄寺少卿。黄希范、杨任、叶惠仲,俱太仆寺少卿。武臣:廖镛德庆侯。彭聚、卜万、楚智,俱左都督。滕聚、小马王、卢振,俱都督同知。廖铭锦衣卫都指挥。倪谅、杨本、周供元、曾浚、瞿能子,俱都指挥。共建一庙,凡死者俱祔祭。

壬寅,改清浦县知县陈爌为中书科中书舍人。

甲辰,追予开国名臣李善长谥襄愍。章溢谥庄敏,唐铎谥敬安,詹同谥□宪,刘嵩谥恭介,解缙谥文介,桂彦良谥敬裕,叶居升谥忠愍,何真谥恭靖,陶安谥文宪,孙炎谥忠愍,胡深谥襄节,王礼谥庄愍,许瑷谥惠节。

又予正德谏臣蒋钦谥忠烈,陆震谥忠定,何遵谥忠节,刘较谥孝毅，孟阳谥忠介，李绍贤谥忠端，俞廷瓒谥忠愍，詹寅谥忠宪，李翰臣谥忠毅，詹轼谥忠洁，刘平甫谥忠质，林公黼谥忠恪，周玺谥忠愍，张英谥中庄。

又予天启惨死都察院左佥都御史左光斗谥忠毅，应天巡抚周起元谥忠惠，礼科给事中周朝瑞、监察御史周宗建、李应升俱谥忠毅，黄尊素谥忠端，袁化中谥忠愍，工部郎中范爌^①谥忠贞，刑部主事顾大章谥肃愍。

以宁南侯左良玉子梦庚为左都督，挂平贼将军印。

予大学士何如宠谥文端。

赠北京死难文臣：东阁大学士、工部尚书范景文太傅，谥文贞。户礼二部尚书兼翰林院学士倪元璐太保，谥文正。都察院左都御史李邦华太保、吏部尚书，谥忠文。戎政兵部侍郎王家彦太子少保，谥忠端。刑部侍郎孟兆祥刑部尚书，谥忠贞。都察院左副都御史施邦曜左都御史，谥忠清。太常寺少卿吴麟征兵部右侍郎，谥忠节。左春坊左庶子周凤翔礼部左侍郎，谥文节。左春坊左谕德马世奇礼部右侍郎，谥文节。左春坊左中允刘理顺詹事府詹事，谥文正。翰林院检讨汪伟詹事府少詹事，谥文烈。太仆寺少卿申佳胤太常寺卿，谥节愍。户科都给事中吴甘来太常寺卿，谥忠节。河南道御史王章大理寺卿，谥忠烈。四川道御史陈良谟太仆寺少卿，谥恭愍。福建道御史陈纯德太仆寺少卿，谥恭节。吏部考功司员外郎许直太仆寺卿，谥忠节。兵部车驾司郎中成德大理寺少卿，谥忠

①　范爌：疑为"万爌"。《明史》载："调爌工部营缮主事""迁虞衡员外郎""爌旋进屯田郎中""福王时，谥忠贞"。

毅。兵部车驾司主事金铉太仆寺少卿,谥忠节。观政进士孟章明河南道监察御史,谥节愍。大同巡抚卫景瑗兵部尚书,谥忠毅。宣府巡抚朱之冯右都御史,谥忠庄。武臣:新乐侯刘文炳太师、恒国公,谥忠庄。惠安伯张庆臻太师,进侯,谥忠武。襄城伯李国桢太子少师,进侯,谥贞武。驸马都尉巩永固少师,谥贞愍。太子少保、左都督刘文耀太保,谥忠果。三关总兵官周遇吉太保,谥忠武。予内臣总督京营太监王承恩谥忠愍。司礼太监李凤祥谥忠庄。凡文臣二十三人,武臣六人,内臣二人。立庙京师,赐名旌忠。以长洲县诸生许琰赠翰林院五经博士、顺天府布衣汤大琼赐中书舍人,从祀。

赐成德母张氏、刘理顺妻万氏、姜李氏,并淑人。金铉母张氏、汪伟妻耿氏,并恭人。马世奇妾李氏、朱氏、陈良谟妾时氏,并孺人。周遇吉妻刘氏,夫人。各建坊旌表。

又赠开国功臣德庆侯廖永忠庆国公,谥武勇。定远侯王弼濠国公,谥武威。长兴侯耿炳文兴国公。东胜侯汪兴祖胜国公,并谥武愍。予冯国用谥武翼,丁德兴谥武襄,桑世杰谥忠烈,茅成、俞廷玉并谥武烈,丁普郎谥武节,韩成谥忠庄,花云谥忠毅。

戊申,进武宁侯朱国弼保国公。

己酉,以前兵部侍郎张凤祥为添注兵部右侍郎。凤祥,东昌人。

东平伯刘泽清疏称,同顾光祖会监军凌駉擒伪官十五人也。

女真遗书督师大学士史可法。曰:"摄政王致书史老先生，予向在沈京，即知燕京物望，咸归司马。及入关破贼，与都人士相见，识介弟于清班，曾托其手勒平安，奉诉衷曲。比闻道路纷纷，多谓金陵有自立者。夫君父之仇，不共戴天。春秋之义，有贼不讨，则故君不得安葬，新君不得即位。所以防乱臣贼子，法至严也。闯贼李自成，称兵犯阙，毒及君亲。中国臣民，不闻一矢加遗。平西亲王介在东陲，独效包胥之哭。朝廷感其忠义，念累世之夙好，弃近日之小嫌，严整貔貅，驱除鸮獍。入京之日，首崇怀宗帝后谥号，葬山陵，悉如典礼。亲、郡王，将军以下，仍故封号，不加改削。文武诸臣，咸在朝列，恩典有加。耕市不惊，秋毫无犯。方拟天高气爽，遣将西征，传檄江南，连兵河朔，陈师鞠旅，勠力同心，以报尔君父之仇，彰我朝廷之德。岂意南州诸君子，苟安旦夕，不审时势，聊慕虚名，顿忘实害，予甚惑之。夫国家之定燕都，乃得之于闯贼，非得之于明朝也。贼毁明朝之庙主，辱及先皇。国家不惮征缮之劳，悉索敝赋，代为雪耻，万世仁人君子，何以报德耶！乃乘寇稽诛，王师暂息，即欲雄据江南，坐享渔人之利，岂可谓以江淮为天堑之险，遂不能飞渡也。况闯贼但为明朝寇雠，未尝得罪于国家，徒以薄海可仇，特申大义。若拥号称尊，便是天有二日，复为劲敌。予将简西征之锐卒，转旆东征。且拟释彼重诛，用为前导。夫以中华全力，受制潢池，而欲以江左一隅，兼支大国，胜负之势，无待蓍龟矣。予闻君子爱人以德，小人则以姑息。诸君子果识时知命，切念故主，厚爱贤王，宜劝令削号归藩，永绥福位。朝廷当待以虞宾，永承礼物，带砺山河，位在诸侯王上，庶不负朝廷申义讨贼，兴灭继绝之初心也。至于南州诸君子，贲然来仪，则尔公尔侯，列爵分土，有平西之典例在，惟执事实图利之。晚近士大夫好高树名，不顾国家之急，每有大事，辄相筑舍。昔宋人议论未定，兵已渡河，可为殷鉴。先生领袖名流，主持至计，必能贯察始终，宁忍随俗浮沉，取舍从违，应早审定。兵行在即，可东可西，南国安危，在此一举。愿诸君子同以讨贼为心，无贪瞬息之荣，致令故国有无穷之祸，为乱臣贼子所笑。予尚有厚望焉！《记》有之：'惟善人能受尽言。'故敢布腹心，伫闻明教，江天在望，延伫为劳。"可法密以上闻。介弟者，可法弟，癸未庶吉士，史可程也，时已南归。答书云："南中自接好音，随遣使问讯吴大将军，未敢遽通左右，非委厚谊于草莽也，诚以大夫无私交，春秋之义。今倥偬之际，奉琬琰之章，真不啻从天而降也。讽读再三，殷殷至意，若以逆贼，尚稽天诛，为贵国忧，且感且愧。但左右不察，谓南国臣民，偷安江左，敢忘君父之仇，敢为殿下一详陈之：我大行皇帝，敬天法祖，勤政忧民，真尧舜之君也。以庸臣误国，有三月十九之事。法待罪南枢，救援无及。次舟淮上，凶信突来。地折天崩，川枯海竭。嗟乎！人孰无君，虽肆法于市朝，以为泄泄者戒，奚足慰先帝于地下哉！尔时，南中臣民，哀恸如丧考妣，无不抚膺切齿，欲悉东南之甲，立剿凶仇。而二三老臣，谓国破君亡，宗社为重，相与迎立今上，以系中外之望。今上非他，神宗之孙，光宗犹子，大行皇帝之兄也。名正言顺，天与人归。五月朔日，驾临南都，万姓夹道欢呼，声闻数里。群臣劝进，今上退然不自胜，谦让再三，仅允监国。迨臣民伏阙屡请，始于十五日进位南都。从前，凤集河清，瑞应非一。即告庙之日，紫云如盖，祝文升霄，万目共瞻，欣传盛事。大江涌出柟梓数万，助修宫殿，是岂非天意也哉！越数日，遂命法视师江北，刻日西征。忽闻我吴大将军借贵国之兵，破走逆贼，殿下入都，为我先帝后发丧成礼，扫除宫殿，抚辑群黎；且免薙发之令，以示不忘本朝。此举动也，振古烁今，凡为大明臣子，无不长跽北向，顶礼加额，岂但如明谕所云，感恩图报也哉！谨于八月，薄具筐篚，遣使犒师。请命鸿裁，连兵西讨。是以王师既发，复次江淮。乃辱明谕，引春秋大义来相诘责。善哉！推而言之，此义为列国君薨，世子应立，有贼未讨，不忍死其君者之说耳。若夫天下共主，身殉社稷，青宫皇子，惨变非常，而拘牵不即位之说，以昧大一统之义，中原鼎沸，仓卒出师，何以维系人心，号召忠义？紫阳纲目，踵事春秋，其间特书，莽移汉祚，光武中兴，丕废山阳，昭烈践阼，怀愍亡国，晋元嗣基，徽钦蒙尘，高宗缵统，是皆于国仇未报之日，亟正位号，纲目未尝斥为自立，卒以正统予之。至于元宗幸蜀，太子即位灵武，议者察察，亦未尝不许以行权，幸其光复旧物也。本朝传世十六，正统相承，自治冠带之族，继绝存亡，仁恩遐被。贵国夙膺封号，载在盟府，殿下岂不闻乎？今亦痛心本朝之难，而驱除乱逆，可谓大义复著春秋矣。昔契丹辅宋，岁利金缯。回纥助唐，不贪土地。况贵国笃念世好，兵以义动。万代瞻仰，在此一举。若乃手足膺难，视同秦越，规比辐员，为德不卒，是以义始而以利终，终贻贼人窃笑，贵国岂其然欤？先帝轸念潢池，不忍尽戮，剿抚兼用，贻误至今。今上聪明天纵，刻刻以复仇为念。庙堂之上，和衷体国。介胄之士,击楫枕戈。忠义民兵,愿为国死。窃以为,闯贼之灭,不越于此时矣。语云:'树德务滋,除恶务尽。'今贼未伏天诛,卷土西秦,方图报复。此不独本朝不共戴天之恨,亦贵国除恶未尽之忧。伏惟坚同仇之义,全始终之德,合师进讨,问罪秦中,共枭逆贼之头,以雪敷天之恨,则贵国义闻千秋,本朝亦惟力是视。从此两国世通盟好,传之无穷,不亦千载一时哉?若夫牛耳之盟,则本朝使臣,久已载道,不日抵燕,奉盘盂以从事矣。法北望陵庙,无涕可挥;身陷大戮,罪应万死。所以不从先帝于地下者,实为社稷之故也。传曰:'竭股肱之力,加之以忠贞。'法处今日,鞠躬尽瘁,免尽臣节,所以报也。殿下伏赐垂鉴。"

甲寅,吏部尚书徐石麒致仕。石麒乞休,阁臣拟旨甚严。上曰:"冢臣犹冢子也,当以优礼遣。"乃赐驰驿,给覃恩。

例荫王镛、王无党锦衣卫指挥,世袭。大学士王铎弟及子也。

十月戊午,以太常寺少卿李沾为都察院左都御史。

己未,以兵部尚书张缙彦总督河南、河北、山东,便宜行事。缙彦南奔,至河南,疏称义兵复城,寄孥南京,月给其家米五石。

召还前御史张孙振,为四川道御史,掌河南道印。

户部尚书、太子少保、文渊阁大学士高弘图致仕。赐银币、驰驿,行人护行。弘图以争用阮大铖,请召史可法入直。上召对弘图,弘图持奏:"臣死不敢将顺。"寻乞休。疏四上,允之。

壬戌，予礼部侍郎张邦纪谥文懿。

癸亥，赠大学士孔贞运少保，谥文忠。

甲子，凤阳地震。

加湖广巡抚何腾蛟兵部右侍郎，巡抚全省。寻命总督川、湖、云、贵、广西。

附祀死难内臣王之心、张国元、高时明、方正化等于旌忠祠。

丙寅，遣内臣田成往杭城选淑女，寻及绍兴、嘉兴。

赠北京死难武臣成国公朱纯臣、镇远侯顾肇迹、定远侯邓文明、武定侯郭培民、阳武侯薛濂、永康侯徐锡登、西宁侯宋裕德、怀宁侯孙藩、彰武伯杨崇猷、宣城伯卫时春、清平伯吴遵周、新建伯王先通、安乡伯张光灿、右都督方履泰、锦衣卫千户李国栋十五人，官予祭葬，荫子有差，祔祀旌忠。

己巳，凤阳地震。

癸酉，以提督楚豫丁魁楚原官，总督两广。

复宣庙吴贤妃尊号，上谥孝翼温惠淑慎慈仁匡天锡圣皇太后。建文故太子文奎谥恭愍。复皇弟允燧吴王，谥悼；允熑衡王，谥愍；允熙徐王，改谥哀。追封皇少子文珪原王，谥怀。诸公主、驸马俱复旧号。

庚午，上御武英殿，受皇帝之宝，百僚朝贺。先时，以金代，时刻玉未成也。

甲戌，上传以礼部侍郎张捷为吏部尚书。

丙子，上传以兵部职方司主事彭遇颺为御史，巡按浙江。

男子王裔，改名王重儒，诈称定王，入境，伏诛。守陵内臣谷应珍,知其诈冒。

丁丑,召还前太仆寺少卿杨维垣为通政使司通政使。维垣以交结近侍逆案遣戍。

戊辰,复革职御史何纶,例转御史黄耳鼎原官。

壬午,予湖广殉难楚府长史徐学颜、武昌府通判李毓英、长沙府推官蔡道宪、嘉鱼县知县王良鉴、钟祥县知县萧汉、蒲圻县知县曾拭、均州知州胡永熙、衡阳县知县张鹏翼、兴都留守沈寿崇、经历任文熙、陕西殉难秦府长史章尚絅、商洛道监军副使乔迁高祭葬,自行建祠。

赠殉难保定巡抚兵部右侍郎徐标、兵科给事中顾鉉、工科给事中彭管、贵州道御史俞志虞、户部郎中徐有声,大名道副使朱庭焕官,予祭葬,荫子。

又四川殉难泸州知州苏琼妻舒氏、吏目赵阶升、河南殉难南阳府知府丘懋素、左镇监军兵部主事余爵、在籍翰林院检讨马刚中、山西粮道蔺刚中、途中殉难主事刘大年、南京给事中张焜芳、河间兵备道赵斑各赠官,祭葬。

又北京殉难成德父桂、德妾萧氏、童氏、妹季白,先事殉难,赠桂如子官,妇女旌表、祔祀。

十一月丙戌,以前刑部侍郎蔡奕琛为吏部左侍郎。奕琛,德清人,为刑部右侍郎。崇祯十五年,为吴中彦纳贿薛国观,被纠,逮讯为民。

戊子,桂王薨。

己丑,凤阳皇陵灾。居民遥见陵中二人,一衣青,一衣朱,相殴击号泣。入视,二犬跟跄走。

予翰林院修撰沈懋学谥文节、焦竑谥文端。

庚寅,予死事彭文炳赠官,祭葬,建一门忠烈坊。

甲午,谥吉王,曰贞。

丙申,予蓟辽总兵吴阿衡谥忠毅,祭奠,荫子,建祠。阿衡于崇祯十一年九月,女真入墙子岭,被杀。

丁酉,巡抚苏松都察院右佥都御史祁彪佳称疾去官。山东总兵官邱磊挟逮保定总督候恂渡河,由海道入燕。磊回安东索饷,史可法刺得其不轨状,执之狱。以闻,遂死。

赠巡按山东御史宋学朱大理寺卿,荫一子。学朱,长洲人。崇祯十二年正月,女真破济南,死之。

女真陷宿迁,史可法救之,女真引去。

辛亥,监京口军兵部职方司主事杨文骢请城金山、圌山,许之。

十二月丁巳,进诚意伯刘孔昭诚意候、东平伯刘泽清东平侯。孔昭辞,许之。

辛酉,命湖广巡抚何腾蛟以原官总督川、湖、云、贵、广西等处。

壬戌,兴平伯高杰驻徐州。逋贼程继孔斩木编筏,将勾引女真,杰擒斩之。事闻,加杰太子少傅,赏银币。先是,巡按河南御史陈潜夫,探得女真于十二月十五日发兵,一赴徐州,一赴河南,将从益县过河。杰与泽清书云:"陈东明自北归,二十日抵徐。云鞑虏发一王子,领兵驻济宁。近日,河南抚按接踵告警,虏在开封上下窥渡甚急。"泽清以闻。东明,洪范字也。士英疏言:"贼势尚张,虏岂无后虑?岂敢投鞭问渡乎?"

杰于是遗女真肃王书,请合兵剿贼。报书招杰,杰不从。

女真至夏镇。丙寅,镇守河南总兵官李际遇叛降女真。女真入河南,杰、泽清告急。

戊辰,女真陷海州。阮大铖筑蟆矶堡、板子矶堡。

己巳,都督陈洪范自北归。十二月十二日,洪范、懋第至张家湾,遗书女真摄政王,请迎御书。女真遣礼部官具鼓吹,导懋第等奉御书入正阳门,馆鸿胪寺。次日,女真内院刚林入寺,问懋第今上即位故。语毕,令通事勿受御书。次日,索金币去。邀懋第朝女真,懋第不可。留半月,听归去。至沧州,追懋第、绍愉北去,洪范归。洪范已降女真。女真谕洪范速南行,以图大事,定欲一统天下,传播招抚,使人心悦服归顺,功成之日,量功大小,破格升赏,子孙奕世蒙休恩泽,永垂带砺。至是,独遣洪范归。懋第密疏云:"臣所奉敕书,慰告十二陵,奠安先帝、先后山陵。因彼不受御书,遂至相格,不能赴昌平一步。遣加衔游击杨三泰等,密往山陵一带探问,得其回报。内称,四月初二日,贼奉先帝、先后梓宫,至昌平州。州民出钱,开翠华山田妃坟内隧道,有昌平州知州及驻札昌平州户部主事孟某供事,于初四日葬先皇帝在中,皇后在左,移田贵妃于右。隧道宽二丈,深二丈五尺云。至东宫、二王消息,或云贼向山海时挟二王子行者;或言贼西遁时,挟一皇子,在马上者十一人。二十三日,有称先帝皇太子者,皇亲周奎辨其非是,下狱。有公主在周奎家,先帝升遐时,手断一臂,不死,年十四。"而洪范疏则言,贼闻虏至,先杀皇太子,挟二王上马行。兵败,永、定二王遇害。遣使时命与吴三桂议款,三桂竟不见。时女真沿河窥渡,溺死者千余。

贼兵突至河南襄城、禹州等处。河南总兵官王之纲斩贼伪都司虞世杰,巡按御史陈潜夫擒伪太康知县安中外等。河南副总兵刘玜、郭从宽等杀贼六百余级,夺骡马七十余匹,擒鄢陵伪知县王度、许州伪巡捕王法唐。援剿总兵官刘洪起,擒汝宁府伪官祝永苞、上蔡伪知县冯世遇,斩贼三百七十级,夺马驴十余匹;又擒贼二百三十名,斩贼一千二百七十六级,于襄城县夺贼马骡四百三十四头。加洪起实职二级。

丙子,予翰林院编修胡守恒谥文节。

复从逆兵科给事中时敏原官,开屯大瞿山。敏例转金华府知府,未出都,以刘泽清荐,特赦之。

刑部上从逆诸臣六等罪案。除陷虏何瑞征、杨观光、张若麒、方大猷、党崇雅、熊文举、龚鼎孳、叶初泰、戴明说、孙承泽、徐必泓、周祚、刘汉儒、薛所蕴、赵京仕、刘昌、张鸣骏、高尔俨、黄纪、孙襄二十人,或甘心仕虏,或不忘本朝,别有报效,姑俟三年定夺。第一,甘心从贼,应磔十一人:宋企郊、牛金星、张嶙然、曹钦程、李振声、喻上游、黎志升、陆之祺、高翔汉、杨王休、刘世芳。第二等,应斩,拟长系秋决四人:光时亨、耆煊、周钟、方允昌。时亨阻南迁,污伪命。煊、昌劝进,议僭位仪。钟,过先帝梓宫不下马,家书称贼新主。允昌,开闸催漕也。第三等,应绞,拟赎七人:伪编修陈名夏、伪文选司郎中杨枝起、赍伪诏盐运司王承曾、伪天津道原毓宗、伪宏文院学士何允光、先下狱贼至受职廖应遴、太常寺卿项煜。第四等,应戍,拟赎十五人:伪盐运司王孙蕙、伪政府侍郎候恂、伪直指使陈羽白、伪宏文院学士裴希度、伪吏科给事中田芝生、伪谏议大夫金汝砺、伪直指使张懋爵、降贼被黜梁兆阳、夤缘求进钱位坤、橄州县缴印王秉鉴、独先受伪命刘大巩、首谒伪吏部受职郭万象、伪巴县知县吴达、伪中江县知县黄继祖、削发被执杨廷鉴。第五等，应徒，拟赎十人：伪兵部车驾司沈元龙、伪国子监学正廖沆、伪职方司从事吴刚思、仍原职傅鼎铨、张家玉、伪四川同知传振铎、伪通政使逃归宋学显、伪成都同知逃归吕兆龙、未就职方以智、未从贼方拱乾。第六等，应杖，拟赎八人：被执受伪淮安府尹王子曜、被执受伪扬州防御使周寿明、被执仍原职向列星、被执受伪官潘同春、受伪职未任李梄、徐家麟、伪四川同知未任吴泰来、伪梓潼县知县先逃张琦存。疑另议者二十八人：翁元益、鲁卓、郭充、吴尔埙、史可程、左懋泰、王自超、王之牧、白允谦、龚懋熙、王皋、梁清标、杨栖鹗、□□、李化麟、张元琳、吕崇烈、侯左、吴之琦、邹明魁、姬琨、朱国寿、许作梅、吴显、赵颖、吴嵩允、刘廷琮、朱积。已赦用者八人：张缙彦、卫允文、韩四维、时敏、苏京、黄国琦、施凤仪、龚仪彝。已赦未用者三人：姜荃林、张玉声、顾大成。报已故者二人：吴家周、魏学濂。奉旨："所拟陷虏诸臣，姑暂免收孥，限三年定夺。现在从贼的，候缉获正法。光时亨应否仍须缓死？陈名夏等赎绞果否蔽辜？候恤封疆未结，又污伪命。宋学显以侍从之臣，为伪通政。吴刚思受伪命而扬扬得意。方以智，定王讲官，今定王安在？止拟一徒？且潘同春等既受伪官，岂可但拟一杖？癸未庶吉士为何瑞征引见，人人污伪令,岂可复玷馆阁？方拱乾,原朱①从贼者,与雷耀龙、吴履中另议。"于是,保国公朱国弼等疏纠刑官六失,革尚书解学龙职。方拱乾、雷耀龙、吴履中俱革职。

皇太后移居兴庆宫,命妇朝贺。

戊寅,魏国公徐弘基卒,赠太师,谥庄武。

己卯,赠甘肃巡抚林日瑞兵部尚书,荫一子。日瑞死于贼也。

壬午,以兵部尚书张缙彦,巡抚开、归、河南三府,总督如故。

以应天府丞瞿式耜为都察院右佥都御史,巡抚广西。

以巡按山东御史凌駉巡按河南,监理河北。山东招抚陈潜夫另用。

山东士民丁耀元等起义兵,督镇相机应接。

弘光元年正月乙酉朔,上御武英殿,百官朝贺。

庚寅,雷。内阁中书舍人林翘言:"正月初六日,雷声自北而西,占在赵、晋之野,有兵。日在庚寅,主口角妖言。"

癸巳,兴平伯高杰提兵趋开、归,请调靖南侯黄得功、广昌伯刘良佐赴邳、宿,防河。得功、良佐不赴调。

丁酉,镇北总兵官许定国叛降女真。贼杀太子少傅前锋总兵官兴平伯高杰于睢州。余兵溃还。兴平夫人邢氏率子元爵,请以部将李本身为提督,领其众。士英请加监军侍讲卫允文兵部侍郎,督其军。得功闻杰死,趋扬州。可法驰归,请

---

① 朱:当为"未",据风雨楼藏清钞本改。

上勒得功回泛,乃去。加本身太子少保、左都督,赴归德。中权总兵官杨承祖赴夏邑,副总兵官刘应虎赴虞城,苗顺甫赴砀山,后劲总兵官李翱云赴双沟,左协总兵官胡茂贞、右协总兵官郭虎赴泗州驻防。良佐疏言:"藩臣溃兵,不宜授本身提督。"欲并其众。而宁南侯左良玉疏言:"忠允将同压卵。"江楚总督袁继咸疏言:"兴平伯有可念之劳。"赠杰太子太保,再荫一子锦衣卫百户,从优议应得葬祭,以子元爵袭兴平伯。

甲辰,进吏部左侍郎蔡奕琛东阁大学士,入阁办事。

丙午,上迎皇考御容于大明门外,百僚班侍。

二月甲寅朔,提督勇卫太监李国辅请开采浙江云雾山,许之。户科给事中吴适疏言:"正统间开采,致邓茂七、叶宗留之乱。"国辅请罢,不许。驰视,竟罢之。先是,督理芜采太仆寺少卿宋劼,请开采铜陵,许之。言利之徒纷起,卒皆不效。

谥桂王曰端。

甲子,谥皇太子慈烺曰献愍、皇三子定王慈灿曰哀、皇四子永王慈焕曰悼。

考选,授林有本等科、道、部属官,有差。

以黄端伯为礼部祠祭司主事。端伯,江西南城人,杭州推官,丁忧,奉佛,以削发被参,听勘,遇赦入京。公言去辅姜曰广,逆谋有状,以媚士英。士英喜,令与考选,许以言职,令力攻曰广。及考选,文字不中程式,士英亦知其不可恃,不得已,补部属。

丙寅,遣礼部尚书黄道周祭告禹陵。

逆贼李自成弃西安,走襄阳。

丁卯，予殉难陕西巡抚冯师孔、按察司黄駧、长安县知县吴从义、渭阳县知县杨暄、商洛道黄世清、蒲城县知县朱一统、榆林右布政都任、中部县知县朱新㰙、副总兵惠显、潘国俊、李国奇、游击将军姬维新、陈二典、刘芳馨、刘廷杰、文经国、守备左勉、惠渐、贺天雷、杨政伟、指挥使李文焜、前总兵官尤世威、侯世禄、侯拱极、王学书、王世钦、王世国、李昌龄、前总兵尤翟文、常怀德、李登龙、张发、杨明、前游击将军孙贵、尤养昆、前守备白慎衡、李宗叙、庆阳道段复兴、庆阳府知府董统、商州在籍前吏部尚书南企仲、前副都御史朱景德、前巡抚焦源清、焦源溥、山东巡抚王道纯、山西参政田时震、礼部主事南居业、蒲州在籍前磁州道祝万龄、庆阳在籍前太常寺少卿麻禧、咸宁县举人朱谊象等，赠荫有差。先是，御史霍逵，于崇祯间具题，下部未覆，至是再请，得之。都任、尤世威，皆合门自缢。朱新㰙①未娶妾，投缳死。榆林以抗贼故，自指挥千百户及士民死者数万人，多不及考矣。

戊辰，予奉使兵部右侍郎左懋第母陈氏恤典银，用其兄吏部员外左懋泰。

辛未，予东平侯弟刘源清谥武节。源清，以战死。

癸酉，檄高杰兵回扬州，命广昌伯刘良佐率兵赴防归德。

保国公朱国弼，疏纠前漕运总督路振飞称凤阳有天子气，怀逆谋。命部院看议。

丙子，日月赤，无光。

---

① 朱新㰙：原书为"朱新未㰙"，据风雨楼藏清钞本改。

丁丑，赠死事重庆府知府王行检光禄寺卿，予祭葬，荫子；潜山县知县李佳胤太仆寺少卿，荫子。

予南京吏部侍郎顾起元谥文庄，荫一子。

戊寅，逆贼李自成兵至承天府。

御史周昌晋补纠从逆漏案杨汝昌、宋之绳、曹溶等。命法司并核。

壬午，更铸各衙门印，去南京二字。先是，吏部失印，更铸，去南京二字，以别旧印。至是，遂悉去之。及印成，而南京失矣。

三月甲申朔日，上御经筵。

乙酉，妖僧大悲伏诛。大悲，徽人，妄言先帝封齐王，不受，又封吴王。命府部科道法司会审。又妄言钱谦益、申绍芳于孔圣庙中谋异图；又言潞王施恩百姓等语。御史张孙振疏请究主使。上不问，召大学士马士英等于内殿，命即弃市。

丁亥，复大学士温体仁谥。

戊子，上御武英殿，召保国公朱国弼、大学士马士英等。前东宫讲官刘正宗入，谕曰："鸿胪寺少卿高梦箕疏称有北来太子，朕念先帝之子即朕之子。况朕尚无子，真真东宫即朕东宫矣。但昨遣内臣李承芳、卢九德前去审视，面貌不对，语言闪烁。可会府部大小九卿科道、旧日东宫讲官前去辨验，回奏。"先是，梦箕家人穆虎自北来，挟一男子，云是先帝太子，旧年十二月，梦箕送之杭州，既渡钱塘，往绍兴，梦箕复密疏以闻。上遣内臣冯进朝追回，至京，寓兴善寺。承芳等回奏，依锦衣卫掌卫事都督同知冯可宗私寓，堂屋三间，一十六七岁男子踞上座，南面。百僚服锦绣，东宫讲官革职方拱乾奉特命，平顶巾、直衣领、大带，各先后至，参差堂室屋户间，啧啧语非是。士英、铎既至，正宗、拱乾近前立。铎拍拱乾问曰："是何人？"曰："方先生。"以正宗问，不识也。正宗问讲读先后，曰："忘之矣。"又问书仿字句，曰："忘之矣。"问讲案上有何物？曰："不知。"刑科左给事戴英趋上曰："先帝廷鞠吴昌时，于左门中携皇太子出视，所立何地？有何事何语？"曰："谁吴昌时？"又曰："忘之矣。"英乃抗声曰："汝是诈冒，以实告，当拶汝。"即跪地，曰："求救命。"授以纸笔，供称高阳县人王之明，驸马都尉王昺侄孙，家破南奔，遇高梦箕家人，教以诈冒东宫。左都御史李沾受之。午后，群臣入朝回奏。上御武英殿。大学士士英、铎奏毕，左都御史沾持王之明手供跽奏。上不省，泣曰："朕念先帝，身殉社稷，侧耳宫中，望卿等奏至，果真，即迎入宫中，仍为太子，谁知不是。"声泪俱出，慨伤久之。沾再跪奏。乃命法司再审。梦箕具疏言妖奸已露。士英、正宗各具疏，请严究主使。

己丑，宁南侯左良玉告急，请发兵会剿。

女真至郾城，又抵西平。

辛卯，女真至上蔡。

壬辰，革鸿胪寺少卿高梦箕职，同王之明、穆虎，集百官廷讯，在京士民俱得入。梦箕仰天叹曰："不意为无赖子所误，一念痴忠，天地可鉴，更勿借题，甘心一死而已。"靖南侯提塘官，忽于讯所出黄得功刻揭云："先皇帝子，即皇上子，若速处治，即东宫诸臣认识，亦不敢出头取祸。"上命兵部传谕得功毁之。寻命该衙门将王之明加意护养，勿骤加刑，俟明告海内，然后正法。先是，有妇人从河南来，自称上元妃童氏。广昌伯刘良佐命其妻迎之。称年三十六岁，十七岁入宫，有曹太监册封。东宫黄氏，西宫李氏。李氏生子玉哥，寇乱，失所在。童氏生子金哥，今在宁家庄，四岁矣。良佐信之，送入京。士英亦信之，拟具疏请迎皇太子于河南。询从龙内臣，皆云潜邸宫人无生子者，乃止。上曰："朕前妃黄，早夭；继妃李，殉难。且朕初封郡王，安得有东西二宫？宫闱风化所关，岂容妖妇阑入？"送镇抚司，命锦衣卫掌卫事都督同知冯可宗，同内员屈尚志鞫之。不服，加以刑讯。又曰："周王妃，闻周王立，错认耳。"周王以崇祯七年至淮安，薨，耄矣。世子先薨，世孙未嗣，何得有周妃乎？而良佐复言："太子，先帝遗血；童氏，皇上宫闱，谨涕泣保留乃命，以王之明、童氏审明略节，传播中外。"

逆贼李自成至潜江。

戊戌，予礼部侍郎赠尚书瞿景淳荫一子，入监读书。

总督河南、河北、山东，兵部尚书张缙彦复南阳府。

以九江总兵官黄斌卿挂征蛮将军印，镇守广西。

己亥，颁献愍皇太子、定哀王、永悼王及孝哀慈靖恭惠温贞偕天协圣哲皇后谥，诏于天下。

追封成国公朱纯臣舒城郡王、镇远侯顾肇迹镇国公、永康侯徐锡登永国公、西宁侯宋裕德宁国公、定远侯邓国明淮国公、怀宁侯孙维藩怀国公。彰武伯杨崇猷、安乡伯张光灿俱进侯。南和伯应袭方履泰南和伯。襄城勋卫锦衣①千户李国禄赠中军都督府佥事。

壬寅,上祭②先帝、先后于奉先殿,举哀。百僚望祭于太平门外。东宫、二王祔。群臣皆哭。诚意伯刘孔昭哭毕,曰:"光时亨阻先帝南迁,致先帝殉宗社。今霜露已移,视息尚在,何以慰在天之恫?"言已,又哭。将散,阮大铖传呼而来,曰:"致先帝殉社稷者,东林诸臣也,不尽杀东林诸臣,不足以谢先帝,今陈名夏、徐汧北走虏矣。"马士英急止之曰:"徐九一现有人在,何得有是言?"九一,汧字也,补詹事府少詹事,以病请告。名夏实北走。

癸卯,前左中允李明睿为女真礼部侍郎,被黜归。东平伯刘泽清以闻。明睿,江西南昌人,素与姜曰广有怨。士英邀之,令攻曰广。明睿不应,去。后明睿语人曰,在礼部时,大学士王铎遣人投降表于女真,女真命明睿受之。

甲辰,宁南侯左良玉再告急。

丁未,叛贼许定国、朱际遇引女真兵破归德。巡按河南御史凌駉,不屈,死之。有侄润生随行,亦死。女真厚葬之。尽杀道府以下官。事闻,赠駉兵部侍郎、润生河南道御史。

戊申,世镇武昌太子太傅宁南侯左良玉奏:为逆辅,蔑制无君,朋害皇嗣,谨声罪致讨,提师在途,臣恐震惊宫阙,且声其罪,正告陛下,历数士英罪七条。卒曰:皇太子授受分明,士英与阮大铖一手擎定,付诸幽囚,臣谨束兵,计刻以待。传檄

---

① 锦衣:原书为"卫衣",从风雨楼藏清钞本改。
② 祭:原书为"癸",从风雨楼藏清钞本改。

远近,举兵反,焚武昌,东下。

壬子,女真破颍州太和县。

四月癸丑朔,男子詹自植闯武英门,坐御炉、出妄语,杖杀之。又男子自应元闯皇城,以疯癫杖逐。

丙辰,逆贼左良玉至九江,要江楚总督袁继咸入其舟,诈称皇太子密谕,与盟,继咸不从,归,入城。良玉纵兵焚掠,继咸复面责良玉。良玉大哭曰:"我负临侯。"临侯,继咸字也。继而呕血数升,属部将惠登相奉其子梦庚为副元帅。是夜死,秘不发丧。南京是日始闻良玉反,城中戒严,命兵部尚书阮大铖、诚意伯刘孔昭帅师御之。

女真陷泗州。

丁巳,逆贼左梦庚破建德县。

予刘廷元、吕纯如、霍维华、徐绍吉、黄德完、黄克缵、王永光、杨所修、章光岳、徐景濂、徐大化、范济世、徐扬光、岳骏声、许鼎臣、徐卿伯、刘廷宣、姜应麟、陆澄源、乔新甲、王绍徽、徐兆魁二十二人,赠荫,祭葬,复官有差。

戊午,逆贼左梦庚破彭泽县,沿途杀掠。

己未,逆贼左梦庚破东流县。

督师大学士史可法入卫,奉诏还扬州。

命阮大铖会黄得功御贼。

庚申,从贼光时亨、周钟、武愫伏诛。余拟斩者发云南金齿卫,所拟绞者发广西地方,各充军,以下为民。

杀前礼部郎中周镳、武汉黄德道、佥事雷缜祚于狱。镳先以朱统锬参曰广逮訉。缜祚以阮大铖参疏,定策时缜祚谓曰广福王不可立，下狱。两人皆大铖所怨，遂赐自尽。

甲子，择十五日建中宫。

乙丑，逆贼左梦庚破安庆。

召广昌伯刘良佐入卫。

戊辰，女真分道南下。督师大学士史可法请召对，不许。

辛未，逆贼左梦庚抵池州。

癸酉，上御武英殿，召对群臣。大理寺卿姚思孝、御史乔可聘、成友谦，乞无撤江北兵。士英立御前，厉声指诸臣曰："此皆左良玉死党为游说，宁可君臣皆死于虏，必不死于左良玉之手。"上曰："淮扬还不可弃。"礼部尚书钱谦益奏曰："陈洪范还，该收他。"上曰："国家收人，皆不得其用。"忧形于色，不乐而罢。

女真围扬州，又入瓜州。

甲戌，逆贼左梦庚掠铜陵。部将惠登相引兵还，梦庚从之。靖南侯黄得功以大捷闻。进得功左柱国，赍银币，荫一子锦衣卫指挥佥事。

加六安州总兵官黄鼎太子太保。先是，贼狄应奎率众数千，自固始欲投兴平伯高杰降。杰遇害，走六安，杀贼将伪权将军路应樗，挈其印降鼎。鼎报闻，授应奎副总兵，赍银币。

督师大学士史可法，以血书投兵部告急。礼部尚书钱谦益请督救扬州，不许。命山东总督王永吉帅兵救之。

乙卯，女真破扬州。知府任民育、江都县知县周志畏死之。总兵官刘肇基、前兵部侍郎张伯鲸、江都县县丞王志瑞遇害。督师兵部尚书武英殿大学士史可法不知所终。

戊寅，以御史霍逵为都察院右佥都御史，巡抚苏、松。

己卯，革兵科右给事中吴适职，下锦衣卫狱。适据黄得功塘报，荆镇牟文绶之兵掠东流、建德，镇南将军方国安之兵焚劫铜陵、西关、南陵城外，疏参二将。大学士蔡奕琛疏劾适党叛，革职下狱。

五月壬午朔，以监军兵部职方司郎中杨文骢为都察院右佥都御史，巡抚常、镇。

进靖南侯黄得功靖国公。

丁亥，女真渡江。京口总兵官郑鸿逵御之，以捷闻。

庚寅，女真至镇江，鸿逵军溃，杨文骢走。

辛卯，闭京城各门。夜半，上开通济门出狩。

壬辰，兵部尚书武英殿大学士马士英奉皇太后奔浙江。总督京营戎政忻城伯赵之龙复闭各门。吏部尚书张捷、都察院右副都御史杨维垣、中书科中书舍人陈镶及其子、举人伯俞、钦天监五官挈壶陈于阶死之。先是，士英调黔兵入城，百姓苦之，于是尽杀黔兵于城内。诸生数人呼市人出王之明于狱，纳诸宫，登殿，鸣钟三日。之龙斩首事者三人，执之明归狱。

上离太平府二十里，驻跸。巡抚应安兵部尚书都察院右副都御史朱大典，挂征南将军印，扼防池口。总兵官方国安、兵部尚书阮大铖、靖国公黄得功来朝，奉上幸太平，不纳。

甲午，上幸芜湖，御芜采水师副总兵翁之祺①舟。

---

① 翁之祺：《明史》作"翁之琪"。

是日，女真定国大将军豫王多多，以兵薄南京洪武门，广昌伯刘良佐迎降。女真蹑上驾于芜湖，礼部尚书钱谦益、总督京营戎政忻城伯赵之龙奉书女真，以南京降。

乙未，上在芜湖，大铖、大典、国安奔浙江。

丙申，良佐挟二女真，共三骑，下赭山。得功鸣鼓欲战，众皆散。良佐立马呼得功，得功从舟中出，方裹甲，良佐令人遗以胡服。得功蹴入水中，忽中一矢，拔箭自刭死。其中军官逆贼田雄，奉上还京。翁之琪投水死。

丁酉，女真入城。

戊戌，上至自芜湖，僧帽青衣，巾车而入。女真出伪太子王之明于狱，令并坐上食。刑部尚书高倬、户部江西司郎中刘成治、南京国子监生吴可箕死之。

癸卯，中书科中书舍人龚廷祥，投秦淮河死。出差户部主事吴嘉胤，自缢死。司礼监太监韩赞周，投阁死。江宁县武举黄金玺，自缢死。不知名者，小冯内侍投秦淮河死；乞儿，题诗百川桥上，自缢死。余未出城者，皆报职名，降女真。

女真多多入皇城日，令王铎、蔡奕琛唱附降职名，听点。杀不降礼部仪制司主事黄端伯，又杀唱名不到礼部郎中刘万春。

六月，女真入苏州。先是，杨文骢奔至苏州，女真遣前鸿胪寺少卿黄家鼐安抚苏州，文骢杀之。女真兵至，文骢走①。长洲县学诸生顾所受，要知县李实同死，实不从，所受独投泮

---

① 走：原书为"表"，据风雨楼藏清钞本改。

水死。詹事府少詹事兼翰林院侍读学士徐汧、吏部主事华亭夏允彝赴水死。

女真入浙江。巡抚浙江都察院右佥都御史张秉贞、都督陈洪范以皇太后及潞王降之。士英等走。行人司行人钱塘陆培自缢死。杀钱塘县知县昆山顾咸建。

礼部尚书文渊阁大学士胶州高弘图、都察院左都御史会稽刘宗周各不食死。巡抚苏松都察院右佥都御史予告山阴祁彪佳投池死。会稽县学生王毓蓍，布衣潘集、周卜年各沉水死。

闰六月戊戌，经理河北联络关东兵部左侍郎都察院左副都御史左懋第不屈，死之。兵部司务陈用极、游击将军王一斌、都司张良左、王廷佐、守备刘统皆死于是。女真多多奉上挟王铎等，贝勒奉皇太后、潞王，女真英王某从九江挟左梦庚北去，至北平。江楚总督都察院右佥都御史袁继咸不屈，死之。上及皇太后，不知所终。

南都死难纪略

（明末清初）顾苓 撰

点校 金毓平

南京稀见文献丛刊

南京出版传媒集团
南京出版社

传曰："谋人之军师，败则死之；谋人之邦邑，危则亡之。"言与军国共存亡也。晏子曰："君为社稷死，则死之；为社稷亡，则亡之。"言与君共死生也。士既策名，报国之途非一，而身殉者其一端。世方多故，杀身之道亦非一，能死国者，其大义也。或进退由我，从容自裁，是为死节；或矢石交攻，义不旋踵，是为死事；或军败城陷，被执不屈，是为死难。三者之外，凡有身首分离，血膏原野者，何可胜数！然羽坑降卒，非秦国之忠臣；汉斩丁公，非楚王之烈士也。当死之际，先有必死之心，则致死之后，存其敢死之实。大夫、士居乡被祸，非自裁、非不屈、非执干戈亲矢石者不录，非其志也。节妇烈女不录，明国事也。儒生贱卒死于国难者必录，春秋能卫社稷，童子不殇之义也。有玷生平，致身临难者必录，存大节也。呜呼，自此以后，夫岂无豪杰之士独患无身者乎？何敢以此律彼。曰："一死而外，何足道哉！"

吴郡　顾苓

太子太保充前锋总兵官兴平伯高杰

高杰,字英吾,陕西青涧人。伟姿容,好身手。与李自成为盗,号"翻山鹞"。通自成妻邢氏。邢氏有才略,饶心计,两人相结,自拔来归。崇祯七年,降于援剿总兵官贺人龙,立效,斩获以万计。十五年五月,三边总督孙传庭杀贺人龙,隶杰总督军前,题充前锋总兵官。十六年九月,传庭围贼于河南之宝丰。自成来援,杰败之,复宝丰、唐县,杀贼妻子。传庭次汝州,自成逆战。杰知贼中委曲,战疾力,三败自成弟"一只虎"李过,自成奔襄城。及传庭兵败,杰收合散亡,与传庭渡垣曲,回潼关。传庭败绩,守渭南,再败,传庭阵亡。杰帅所部奔延安,出山西,至河北,巡抚河南御史苏京拒之河南。上疏曰:"闯贼将以数十万众谋犯京师,非合天下全力,未易征讨。宜急调辽蓟之兵,控扼真定;调宣大、阳和、柳沟等兵扼守居庸;调左良玉出荆襄,入商洛,以扼其后,贼必不长驱而不反顾也。"不报。十七年二月,上命大学士李建泰督师讨贼,调杰驰赴,督辅军前。三月,南奔泗州。京师既陷,与中外文武大臣推戴福王即皇帝位,封兴平伯,驻扎扬州城外,隶督师大学士史可法军前,充前锋总兵官,置孥瓜州。上疏言:"目今江南大势,守江北以保江南,人人能言之。然,从曹、单渡,则黄河无险;自颍、归入，则凤、泗可虞。犹或曰：有长江天堑在耳，若何而据上游，若何而防海道，岂必瓜、仪为江南之门户已乎？伏乞皇上定计，速行省议论，以免中掣，假便宜以作实效。"报闻。十月，上命杰西征。十一月，率兵至徐州，斩捕贼程继孔，收其人畜。事闻，加太子太傅，赉银币，荫一子锦衣卫指挥千户。女真遣唐时龙招抚江南，招杰，杰不从。遗女真肃王书曰："逆闯犯阙，危及君父，痛愤于心。大仇未复，山川俱蒙羞色，岂独臣子义不共天！关东大兵，能复我神州，彝葬我先帝，雪我深怨，救我黎民；前有朝使，谨赉金币，稍抒微忱，独念区区一介，未足答高厚万一。兹逆闯尚跳梁西晋，未及授首，凡系臣子及一时豪杰忠义之士，无不西望泣血，欲食闯肉而寝其皮，昼夜卧薪尝胆，惟以杀闯贼、报国仇为汲汲。贵国原有莫大之恩，铭佩不暇，岂敢有萌异念，自干负义之愆，计贵国自能鉴谅。杰猥以菲劣，奉命堵河，不揣绵力，急欲会合劲旅，分道入秦，歼闯贼之首，哭奠先皇，则杰之血忠已尽，能事已毕，便当披发入山，不与世间事。一意额祝复我大仇者，兹咫尺光曜，可胜忻仰；一腔积愫，始终成贵国恤邻之名。且逆闯凶悖，贵国所甚恶也。本朝抵死欲报大仇，亦贵国念其忠义，在所必许也。若能明此苦心，不见督过而共以逆闯为事，此本朝所厚幸也。本朝列圣相承，原无失德，祇因贪官污吏，致祸至此。正朔承统，天意有在。三百年豢养，士民沦肌浃髓，忠君爱国，未尽泯灭，亦祈贵国之垂鉴也。杰守徐州一带，一切商贩，不拘何项货物，南北俱通交易，因资贵国应用。真心实意，出自肝膈，僭以素帽，奉达左右。鹄候裁示，以便奉行。"女真报曰："肃王致书高大将军，观差官远来，知有投诚之意，正首建功之日也。果能弃暗投明，将军功名，不在寻常中矣。若但欲合兵剿闯，其事不与予言。或差官北来，予令人引奏，予不自主。"杰于是身先士卒，沿河置壁，专御女真。疏请以重兵驻归德，东西兼顾，且联络睢州援剿总兵官许定国，纠合义勇，以定中原。许之。十二月，疏与总督张缙彦，直抵开、洛，进据虎牢，请调靖南侯黄得功、东平伯刘泽清赴邳、宿守河。弘光①元年正月，杰冒雪抵睢州。时定国已降女真，质妻子，还立效。杰开诚戒谕不为备，定国迎谒甚恭。十二日，宴杰至夜半，醉之帐中，伏兵起，刺杀之。余军溃还，定国奔女真。杰夫人邢氏率子元爵，疏请以部将李本身为提督，领其军。上加监军卫胤文兵部右侍郎总督之。以元爵袭封兴平伯，赠杰太子太保，再荫一子锦衣卫百户，从优议应得祭葬。未上，而定国等导女真且薄南京矣。

论曰：兴平伯数败自成，自成复招之，立斩其使。既受国殊遇，锐志克复，雨雪充途，誓师四讨，卒死王事。太仆寺卿万元吉语予曰："四镇独兴平伯强，且知向背，非三镇比。"及南都陷，大臣之降女真者自北归，携所致肃王书，南都士大夫愧之矣。

兵部左侍郎兼都察院左都史经理河北联络关东左懋第

左懋第，字仲及，山东莱阳人。中崇祯四年进士，由知韩

城县授户科给事中。崇祯十六年,奉敕以吏科都给事中察核上江军务。十七年五月,上即位,以都察院右佥都御史巡抚应安等处。六月,丁母忧。上言:"请同前都督陈洪范倡义山东,以图恢复,兼负母骸骨。"不许。会遣洪范使女真,议择大臣偕行,懋第复上言:"臣之身,许国之身也。去年奉先帝察核之命,臣母属臣曰:'尔以书生受朝廷知遇,膺特遣,当即就道,勿念我。'今国难、家忧一时横罹,不忠不孝之身,惟有一死。倘得叩头先帝梓宫之前,以报察核之命,臣死不恨。"情词慷激。佥曰可,上许之。七月,加兵部左侍郎兼都察院左都御史,经理河北,联络关东。太仆寺少卿兼兵部职方司郎中马绍愉副之,同太子少傅都督陈洪范,赍大明皇帝致北国可汗书、犒师银十万两币称之,使女真。越三日,上召洪范、绍愉入对,懋第以丧服不召。上疏曰:"臣此行,往问先帝、后梓宫,又问东宫、二王消息,皆当衰麻往,谊不敢辞。但臣衔当议,同行之人,不得不言。臣衔以经理河北、联络关东为命,带封疆重寄之衔,而往议金缯岁币,则名实乖。况以此衔往虏所,将先敚地而后经理乎?抑先经理而后往乎?衔之当议者也。若同行之马绍愉,壬午年陈新甲遣赴虏讲款,奴颜婢膝,得虏参貂无数。臣疏纠言:'中国宽一马绍愉,北庭添一中行说',以此递解回籍。今与臣联镳出使,可无一言哉?如皇上用臣经理,祈命洪范同绍愉出使;而假臣一旅,同山东抚臣收拾山东。如用臣同洪范北使,则去臣经理联络之衔,但衔命而往谒先帝、后梓宫,访东宫二王消息,赏赉吴三桂,并宣酬虏之义,而绍愉似可无遣。"不听。又疏言:"臣原请者,收拾山东,结连吴镇,并可负臣母骸骨。而今以使北往，内痛于心。唯以不辱自许，以死自矢，以报君命，而并完父母所生之身，死无憾耳。愿皇上勿以臣此行为必成，即成矣，无以款成为可恃。"乃给路费银三万两，并德州大学士谢升、太仆寺少卿卢世淮、辽东巡抚黎玉田、总兵官祖大寿敕书，吴三桂蓟国公诰券，及修陵寝资费以行。十月，次张家湾。懋第贻女真摄政王书，请以礼迎御书。十二日，女真礼部官又奇库率鼓吹前导懋第等入京，馆鸿胪寺。明日，礼部官来请御书，词不顺，懋第拒之。女真内院刚林来，南向坐，懋第等三人北向坐。刚林问今上即位故，语毕，不受御书。又明日，索金币，与之。邀以君臣礼入朝，懋第不可。十余日，遣归，不得见三桂、大寿等。遥祭先帝山陵而返。至沧州，追懋第、绍愉北去，听洪范南行。懋第、绍愉移馆太医院，乃密疏归报先帝山陵、东宫、二王委曲。弘光元年正月朔，大书于门曰："生为大明忠臣，死为大明忠鬼"。六月二日，女真知入南京矣，醋以酒食送懋第，懋第不食。部将艾大选先辫发，杖之，勒自殉。司饷傅浚上告变懋第勾引东寇，谋危京城。女真以兵劫懋第辫发，懋第曰："头可断，发不可断！"参谋兵部司务陈用极、游击将军王一斌、都司张良佐、王廷佐，守备刘统俱不屈，银铛入狱。以水浸之，绝饮食者七日。执见女真摄政王，一揖就地，南向坐，用极从懋第坐。摄政王问立皇帝、招土寇、杀总兵、不投国书及当庭抗礼等语，懋第抗言曰："高皇帝子孙皆吾主，况今上以亲以序，当即皇帝位。山东豪杰鼓舞中兴，勉以大义，授以方略，忠孝之人，不得称寇。我大明皇帝，念尔君臣为先帝发丧成服，破贼复城,遣懋第慰劳尔君臣。既不郊迎,又不以礼迎御书,成何国体?艾大选辫发,背叛大明天子,杀之何辞!天朝大臣,奉命通好,羁留囚辱,有死而已!"摄政王指用极曰:"尔何人?亦不跪!"用极曰:"我兵部也。三尺童子,羞拜犬羊,况堂堂大明人物耶?"摄政王乃从容曰:"汝等不怕死,皆是忠臣。今汝江南无主,辫发归降,不失富贵。"懋第曰:"不如斫头!"左右扶之出。降女真诸臣曰:"先生改念,则转祸为福,不然刀锯在前矣。"懋第曰:"吾本不怕死,公等之言,不自心有愧乎?"引至顺城门,将遇害,复有人奔马来:"降则封王。"懋第曰:"我为大明鬼矣!"遂南面叩头,与用极等五人俱死。时闰六月十九日也,观者皆哭。百姓闻之,知与不知,尽为流涕。门下士成默、徐元敷葬懋第于白马寺旁。用极,昆山人,以诸生荐举。一斌,宁国人,武进士。良佐、廷佐、统俱上元人。

论曰:左侍郎之死,人比之文丞相云。士民哀伤,天地变色,皆类之矣。时丞相起兵被擒,侍郎奉使通好;而蒙古能迟丞相之死于数年之后,女真不能忍侍郎以日月,其度量相越,宁有量哉?

兵部右侍郎都察院右佥都御史总督江广应皖军务
驻扎九江袁继咸

袁继咸,字临侯,江西宜春人,中天启五年进士。崇祯十六年四月,为兵部右侍郎、都察院右佥都御史,仍免戴罪,驻扎九江,总督江、广、应、皖军务。上即皇帝位,继咸入朝面奏曰："封爵以劝有功，无功而伯，则有功者不劝；跋扈而伯，则跋扈者愈多。"上曰："事已成，奈何？"继咸又曰："冬春间，淮上未必无事。臣虽驽，当奉皇上为澶渊之行。"又诣榻前密奏曰："左良玉虽无异图，所部多降贼，非孝子顺孙，意外亦不可不防，臣当星驰回任。"复上疏曰："自古国祚久长，有开创，必有中兴。然致治在于得人，而足国尤当审势。宋高宗亦号中兴，知李纲、赵鼎之贤而不能用，信任黄潜善、汤思退、汪伯彦、秦桧之徒；以故主势日卑，亲耻不雪，为万世笑，不得比于武丁、周宣、汉光、唐肃。祈皇上于在廷诸臣，知而已用者信之、任之，勿使小人参之；未及用者，明诏廷臣，各举所知，蒲轮征召，共襄大业，则商、周、建武之隆，可立致也。自昔论建都者，右西北而左东南，亦据六朝、五代、弱宋之成迹论耳。我高皇帝龙飞淮甸，定鼎金陵，卒芟群雄，驱胡虏，取中原，安在东南不可起西北哉！今皇上缵承大统，定鼎镐京，攻守先后之大势，不可不早计。不先自治而遽图敌，立败之道也。臣谬谓欲料理淮南、江北，则必处置溃兵；欲料理河南，宜别遣风力重臣抚治。料理襄樊，必开帅府，宿重兵，为持久计。且襄樊守，则可由宛叶以图关中；淮南、江北守，则可由归德以图河南，由彭城以图河北，此攻守大势也。然臣终以明断为请，理非明不能晰，机非断不能割，臣故以为得人、审势之要也。"报闻弘光元年三月，贼李自成从襄阳至潜江，左良玉告急。越数日，举兵反武昌。东下，邀继咸于九江，继咸不从。良玉破九江，继咸入良玉舟，面责之。良玉哭曰："吾负临侯！"是夕，呕血死。良玉子梦庚挟继咸抵池州。女真攻扬州，梦庚闻之，复西上,遇女真英王于九江。梦庚降之,继咸不屈,曰:"吾为国重臣,受累朝厚恩,岂事二姓!"拘以北,终不屈,遇害。

论曰:良玉之作逆也,至九江,与袁公书曰:"愿握手一别,为皇太子死。"入舟,诈至,诈皇太子密谕与盟,袁公不从。良玉焚掠九江,袁公固将死之矣;此时不死,中朝所以责袁公也。且为梦庚挟以北去,苟非终不屈死,天下万世,将谓良玉作逆,袁公实与谋矣。

巡按山东联络河南北直监察御史凌駉

凌駉,字龙翰,直隶歙县人,中崇祯十六年进士。十七年正月,特命以兵部职方司主事,赞画督师大学士李建泰军。上即位,以督师大学士史可法荐,改授监察御史,巡按山东,以便宜联络河南、北直。十二月,入朝,赴归德。女真渡河,招駉,駉不听。归德陷,女真曰:"不生致凌御史,则屠城。"駉单骑往,侄润生执辔从之。不屈,遗女真书有"愿坚盟好,勿轻南下。否则,扬子津头凌御史即钱塘江上伍相国"之语。赋诗自缢。女真厚为之殓。事闻,赠兵部侍郎。

赠河南道御史凌润生

凌润生,駉侄也,随行不屈,死之。赠河南道御史。

河南副总兵丁启光家丁

家丁,失姓名。女真至河南,副总兵丁启光迎之。其家丁控马不令前,曰:"将军兄弟受国重托,岂无人心? 不能战,乃往迎乎?"启光不听。投水死。

扬州府知府任民育

任民育,山东济宁州人。由乡试中式,历官扬州府知府。城破,盛服坐堂中,手印,不屈死。

江都知县周志畏、县丞王志瑞

周志畏,字抑畏,浙江鄞县人,中崇祯十六年进士,授江都县知县。王志瑞,字研芳,孝丰县贡生。城破,俱死之。

江都诸生张嗣祥、高孝缵、王永交、王士俊、士秀

张嗣祥,江都县学生,城破,合门自焚。高孝缵,字申伯,衣巾自缢于扬州府明伦堂。王永交,一名夃,字元龙,仰药死。王士俊兄弟二人,相对自缢于家之中堂。

吏部尚书张捷

张捷,字赤涵,直隶丹阳人,万历四十一年进士。由知山阴县为河南道御史,累官太仆寺少卿,天启七年革职。崇祯三年,召为大理寺少卿,历都察院左副都御史、吏部侍郎。八年,坐累下狱为民。上即位之八月,召为吏部左侍郎。十月,上传以为吏部尚书。弘光元年五月初十夜,上出狩。明日,捷欲走丹阳,闭门不得出,与僧怀璧趋鸡鸣寺。怀璧结缳梁上,捷投缳死。

都察院右副都御史杨维垣

杨维垣,字斗枢,直隶彭城卫人,中万历四十四年进士。由行人为云南道御史,出为山西副使。天启三年,称病去。是年,即家起御史,历太仆寺卿。崇祯二年三月,以交结近侍戌淮南。上即位,召为通政司使。弘光元年二月,为都察院右副都御史。五月十一日,沉其妾朱氏、孔氏于井中,正衣冠,缢私寓。

钦天监五官挈壶陈于阶

陈于阶,字瞻一,直隶上海人,由儒士为钦天监五官挈壶。五月十二日五更,缢死。

刑部尚书高倬

高倬,字□□①,四川忠州所人,中天启五年进士。知德清县,调金华,召入为河南道御史。崇祯十五年,为都察院金都御史,提督操江。弘光元年二月,以工部右侍郎兼刑部尚书。五月十七日,自缢刑部署中。

户部江西司郎中刘成治

刘成治,字广如,湖广汉阳人,中崇祯七年进士,知庐陵县,左迁至江西司户部郎中。五月十七日,缢邸中。

---

① □□:(缺二字)疑为"枝楼"。

149

南京国子监生吴可箕

吴可箕，直隶休宁人，肄业国子监。五月十八日，在鸡鸣寺关壮缪庙中题诗，有"操心死国难，不作两朝人"之句。袖中家书一函，大略言忠孝不能两全。自缢死。

中书科中书舍人陈镳、子河南举人伯俞

陈镳，字胤叶，河南孟津人，中崇祯十六年进士，授直隶青浦县知县。镳避贼怀庆，遇上于尘埃中。会上立朝南京，请内改，得中书科中书舍人。上出狩，镳死之。伯俞，中崇祯十五年举人，抱父恸哭，亦死。

上既出狩，礼部尚书钱谦益令五城兵马指挥牒报自尽官民姓名，得以上八人。后尚书以册子寄予，贻书曰："当金陵初破时，于刀头剑芒上理会此事，亦妄想日后有用着处。今得有心之捞笼发挥，故是诸人英灵不泯，铜崩钟应，倘亦先为之兆耶？"其言亦可怜也。

靖国公黄得功

黄得功，字浒山，辽东开原卫人。崇祯十七年，以擒叛将刘超功，封靖南伯。上即位，进靖南侯，分镇驻仪真。八月间，议款女真，得功与万元吉言："不可示之以弱，恐长觊觎，恣要挟，辱国非小，请帅师进取！"元吉以闻。上以北使方行，大兵继渡未便，命移驻庐州。弘光元年四月，左良玉反。得功与阮大铖书，言誓剿逆，朝廷倚以为重，命驻兵荻港、旧县、三山。

又命移家镇太平,破良玉子梦庚于铜陵,加左柱国,荫一子锦衣卫指挥佥事,赉银币。五月,再奏捷,进靖国公。女真渡江,上出狩,幸其军。刘良佐降女真,逆车驾于军中,以胡服招得功,得功裹巾出战,蹴服于水。女真射得功,中项,得功拔箭自刎。

芜湖水师副总兵翁之琪

翁之琪,浙江仁和人,由诸生中崇祯十六年武进士。弘光元年,以副总兵隶芜湖水军。上出狩,幸其舟。上蒙尘,之琪投水。

操江水师副总兵李金禄、都司彭述性

彭述性,九江人;李金禄,四川人,俱隶提督操江水师。上出狩,提督诚意伯刘孔昭入海。五月十九日,述性合门投水;金禄先沉其妾,自投江。

礼部仪制司主事黄端伯

黄端伯,字元功,江西新城人。中崇祯元年进士,授浙江宁波府推官,丁忧。补杭州府推官,再丁忧去。弘光元年考选,授礼部仪制司主事。女真入京,不投谒,捕去,不屈。女真曰:"尔以为弘光何如主?"端伯曰:"天王圣明。"又曰:"马士英何如?"端伯曰:"忠臣。"众人哗曰:"士英何得为忠臣!"端伯曰:"士英不降而起兵浙江,何得不谓之忠?"遍指南京文武诸臣,曰:"此乃忘君事仇,不忠之臣!"诸臣面之,遂遇害。

户部□□^① 司主事吴嘉胤

吴嘉胤，字方勗^②，直隶华亭人，中应天乡试，历官户部主事。日夜算钱谷，绝请谒宴会。五月，奉差出都，寓城外未行。女真入京，上书请复明社稷。六月二十四日，冠带拜木末亭方正学祠，缢于树。

中书科中书舍人龚廷祥

龚廷祥，字佩潜，直隶无锡人，中崇祯十六年进士。弘光元年，授中书科中书舍人，束修自好。五月二十三日，具冠带，自沉秦淮之武定桥下。

江宁武举人黄金玺

黄金玺，江宁人。女真入南京，书于壁曰："大明武举黄金玺，一死以愧人臣怀二心者。"遂自缢。

司礼监太监韩赞周

韩赞周，崇祯间以司礼监守备南京。上即位，以赞周管司礼监事。见马士英、阮大铖等擅政，每移病私寓。上出狩，于报恩寺阁投下死。

---

① □□：（缺二字）疑为"金部"
② 字方勗：当作"字绳如"。《明史》："嘉胤，字绳如，松江华亭人，由乡举历官户部主事，奉使出都，闻变，还谒方孝孺祠，投缳死。"

小冯内侍

内侍冯,失其名。上出狩,投秦淮河死。

百川桥乞儿

上出狩,有乞儿题诗百川桥上,自缢死。诗曰:"三百年来养士朝,如何文武尽皆逃?纲常留在卑田院,乞丐羞存命一条。"

长班

长班,失其姓名。所随官投谒,女真出,长班问:"若何?"曰:"如是矣。"长班曰:"我不服!"投水死。

长洲县学诸生顾所受

顾所受,字东湖,长洲县学诸生。闻上出狩,谒知县李实,要以死。五月二十四日,女真安抚苏州,所受服儒服哭于文庙,投泮水死。

詹事府少詹事兼翰林院侍读学士徐汧

徐汧,字九一,直隶长洲人。中崇祯元年进士,改庶吉士。二年,女真薄都城,自誓必死,作矢志诗寄太夫人。三年,授翰林院检讨,历左春坊右谕德,引疾里居。十七年,同官项煜降贼逃归,檄数其罪,南京倚以为重。以詹事府少詹事兼翰林院侍读学士召,复引疾不赴。女真兵至苏州,六月十二日,泛小舟虎邱后溪，自沉死。

吏部主事夏允彝

夏允彝，字仲彝，直隶华亭人。中崇祯十年进士，授福建长乐县知县，丁忧归。北都之变，尽籍其家以助饷，作《从贼八议》。上即位，以吏部主事召。服未阕，不赴。弘光元年六月，投水死。

徐念祖

徐念祖，字无念，华亭人，文贞公诸孙也。女真至，聚家中十七人，恸哭，谓之曰："吾祖宗清白传家，奈何以身受辱！"合门缢死，纵火于堂，身投火中。

诸生严绍贤、董元哲、马纯仁、徐怿、项志宁

闰六月十二日，女真断发。诸生无锡严绍贤，武进董元哲，六合马纯仁，常熟徐怿、项志宁死之。

木匠汤士鳌、玄妙观前卖面人

汤士鳌，金坛人，不愿断发，哭祭祖、父，投水。卖面人，失其姓名，夫妇俱缢死。

行人司行人陆培

陆培，字鲲庭，浙江仁和人。中崇祯十三年进士，弘光元年，授行人司行人。六月，女真至浙江。培具酒请于母曰："儿

兄弟三人，培中进士，当死国。"以觞酌其妻曰："以堂上、膝下累汝。"遂出。母遣女奴促之曰："此时不死，不得死矣。勿念我！"乃缢。

举人祝渊

祝渊，字开美，浙江海盐人。中崇祯六年乡试，以疏论刘宗周不当罢，被逮。上即位，兵科给事请优以台谏，不许。女真入浙江，急为其亲营葬，闰六月初一日，葬毕。归自缢。

上海县儒学教谕睦明永

睦明永，字高年，直隶丹阳人。中崇祯十五年乡试，就松江府上海县儒学教谕。女真徇松江，明永处家事毕，赋诗，服朝服，缢于明伦堂。

钱塘县知县顾咸建

顾咸建，字汉石，直隶昆山人。中崇祯十六年进士，授钱塘县知县。女真至浙江，巡抚张秉贞奉皇太后及潞王以杭州降。咸建归里，女真捕获之，授以官，不屈，被杀，百姓皆哭。盛暑悬首，蝇蚋莫敢近。

都察院左都御史致仕刘宗周

刘宗周，字起东，学者称念台先生。中万历二十九年进士，授行人司行人，乞归养；及补职，复称疾乞归。至崇祯十四年，累官吏部左侍郎。十五年，为都察院左都御史。甲申六月，上疏言："今日中兴大业，非讨贼复仇，无以表陛下渡江之心；非毅然决策亲征，无以作忠臣义士之气。"请驻亲征之师于凤阳，及亲按淮抚路振飞倡逃，高杰、刘泽清临阵脱逃，罪可斩。七月，疏纠大学士马士英，且言文武将相未尽调和，官府表里，多出权宜。既入朝，因上传以阮大铖为兵部添设侍郎，疏言风纪之地，当争者三，祈寝大铖新命。九月，乞休去。临行，复疏修圣政、振王纲、明国是、端治术、固邦本五事。弘光元年六月，女真徇绍兴，不食，十四日死。

巡抚苏松等处都察院右佥都御史致仕祁彪佳

祁彪佳，字虎子，浙江山阴人。中天启二年进士，授福建兴化府推官，召为福建道御史，巡抚苏松，复命乞归。上监国，以令旨宣谕苏松。上即位，以为都察院右佥都御史，巡抚苏松等处。疏请革诏狱、廷杖、缉事三弊政，许之。十月，称疾致仕。弘光元年六月，女真至浙江。彪佳徘徊家园，徐谓客曰："尔赖吾辈全活，今奈何？"客去，从容沉池水中。

礼部尚书兼文渊阁大学士致仕高弘图

高弘图，字砭斋，山东胶州人。中万历三十八年进士，由中书科中书舍人改陕西道御史。天启五年，闲住。七年，诛魏忠贤，召还，累官工部侍郎。崇祯六年，以上遣内臣监督户、工二部，五上疏求去，上怒，革职。十五年，召为南京户部尚书。今上即位，改礼部尚书兼东阁大学士，入阁办事。八月，加太子少保、文渊阁大学士，忤同官马士英；请召史可法入值，又争用阮大铖。及票旨屡发改，四上疏乞休。十月，致仕，流寓苏州。明年，复渡钱塘至绍兴。六月，女真至浙江，不食死。

诸生王毓蓍，布衣潘集、周卜年

王毓蓍，字元子，会稽县学诸生。潘集，字子翔，会稽人。周卜年，山阴人。弘光元年六月，女真徇绍兴，各投水死。

闰六月十三日，苏州、松江、常州之宜兴、江阴、镇江之金坛、浙江之嘉兴、湖州及杭州之属邑，大夫、士、庶人各起兵，杀女真委署官。城守女真兵分攻之，义兵败绩。惟江阴守两月，杀女真兵无算而后败。绍兴奉鲁王监国。七月，唐王即位于福州。

福山总兵鲁之玙、材官韦武韬

鲁之玙，字瑟若，苏州卫人，以世职累官福山副总兵。闰六月十三，破苏州，斩女真一级出城，召义兵复入，人鸟兽散矣。独斗城下曰："我无面目去！"力战死。韦武韬，苏州人，少年以拳勇闻，受材官札。十三日，入女真营，射死三人，敚一马骑出城；复驰入，杀女真四人，援绝战殁。

通政司左通政侯峒曾，进士黄淳耀，举人张锡眉、龚用圆，诸生黄渊耀、侯元演、元洁

侯峒曾，字豫瞻，直隶嘉定人。中天启五年进士，历官浙江嘉湖分巡道。上即位，召为通政使司左通政。请终养，许之。闰六月十三日，率其子诸生元演、元洁，门人同邑进士黄

淳耀，举人张锡眉、龚用圆，诸生黄渊耀，杀女真委署官，登埤捍御。城破不去，淳耀先缢，渊耀继之，锡眉、用圆亦死。峒曾溺池水，二子被害。

中书科中书舍人李待问、行取罗源县知县章简

李待问，字存我，中崇祯十六年进士，授中书科中书舍人，奉差在籍；章简，字次公，由举人为罗源县知县行取，未入京，皆华亭人。起义兵，尽杀女真委署松江府县官。待问、简各守一门，城破不去，死之。

贡生朱集璜

朱集璜，字以发，昆山人。义兵起，守城不去。七月十五日，城破，投水死。

金山卫参将侯承祖、子世禄

侯承祖，金山卫参将。闰六月，同子世禄起兵守金山卫。世禄身中四十矢，不屈死。女真招承祖降，承祖以刀指其身曰："我为官二十八年，今日之死，固分内事！"大笑死之。

诸生张龙文

张龙文，武进县学诸生。率乡兵薄城，败死。

吏部尚书致仕徐石麟

徐石麟，字虞求，浙江嘉兴人。中天启二年进士，由工部

主事丁忧;补南京礼部,改吏部。历文选、考功司郎中,累官至刑部尚书,闲住。上监国,召为都察院左都御史。七月,上以为吏部尚书,入朝请称南京为行在,不听。八月,陈铨政七事,曰:定官制、慎破格、行久任、慎名器、严起废、明保举、消朋党。九月,称疾致仕。上曰:"冢臣犹冢子也,当优礼遣。"予驰驿,给覃恩例。弘光元年闰六月,义兵起,推公主城守,城破自缢。

国子监生张廷章

张廷章,嘉兴人,以诸生入国子监。义兵败,服儒服,缢于家之正寝。

武英殿中书舍人戚勋、诸生吕九韶

戚勋,字羽明,直隶江阴人,由诸生入赀为武英殿中书舍人。闰六月,江阴义兵起,勋主饷,被围二月,饷不缺。及城破,率其妾六人登楼纵火自焚。吕九韶,武进县学诸生。入江阴从义兵,城破,自刭。

举人葛麟

葛麟,字苍公,丹阳人,中崇祯十五年举人。闰六月,入长兴山中起兵。八月二十八日,与女真战,独刺杀五六十人。女真环射,投水死。

"南京稀见文献丛刊"
已出书目

15.《明太祖功臣图》 (清)上官周

16.《金陵百咏·金陵杂兴·金陵杂咏·金陵百咏(外一种)》

(宋)曾极;(宋)苏泂;(清)王友亮;(清)汤濂

17.《献花岩志·牛首山志·栖霞小志·覆舟山小志》

(明)陈沂;(明)盛时泰;(明)盛时泰;(民国)汪闿

18.《金陵世纪·金陵选胜·金陵览古》

(明)陈沂;(明)孙应岳;(清)余宾硕

19.《后湖志》 (明)赵官等

20.《金陵旧事·凤凰台记事》 (明)焦竑;(明)马生龙

21.《金陵琐事·续金陵琐事·二续金陵琐事》 (明)周晖

22.《客座赘语》 (明)顾起元

23—25.《金陵梵刹志》 (明)葛寅亮

26.《金陵玄观志》 (明)葛寅亮

27.《留都见闻录·金陵待征录》 (明)吴应箕;(清)金鳌

28.《弘光实录钞·金陵野钞·南都死难纪略》

(明末清初)黄宗羲;(明末清初)顾苓

29.《板桥杂记·续板桥杂记·板桥杂记补》

(明末清初)余怀;(清)珠泉居士;(清末民初)金嗣芬

30.《建康古今记》 (清)顾炎武

31.《随园食单· 白门食谱· 冶城蔬谱· 续冶城蔬谱》

(清)袁枚;(民国)张通之;(清末民初)龚乃保;(民国)王孝煃

32.《钟山书院志》 (清)汤椿年

33.《莫愁湖志》 (清)马士图

34.《金陵览胜诗考》 (清)周宝偀

35. 《秣陵集》 （清）陈文述

36. 《摄山志》 （清）陈毅

37. 《抚夷日记》 （清）张喜

38. 《白下琐言》 （清）甘熙

39. 《灵谷禅林志》 （清）甘熙、谢元福，（民国）佚名

40. 《承恩寺缘起碑板录·律门祖庭汇志·扫叶楼集·金陵乌龙潭放生池古迹考》

（清）释鹰巢；（清末民初）释辅仁；（民国）潘宗鼎；（民国）检斋居士

41. 《教谕公稀龄撮记·可园备忘录·凤叟八十年经历图记》

（清）陈元恒，（清末民初）陈作霖；（清末民初）陈作霖，

（民国）陈祖同、陈诒绂；（清末民国）陈作仪

42—44. 《南京愚园文献十一种》 （清）胡恩燮，（民国）胡光国 等

《白下愚园集》 （清）胡恩燮等，（民国）胡光国

《白下愚园续集》 （清）张之洞等，（民国）胡光国

《白下愚园续集（补）》 （清）潘宗鼎等，（民国）胡光国

《愚园宴集诗》 （清）潘任等

《白下愚园题景七十咏》 （清）胡恩燮，（民国）胡光国

《愚园楹联》 （民国）胡光国

《白下愚园游记》 （民国）吴楚

《愚园题咏》 （民国）胡韵蘋

《愚园诗话》 （民国）胡光国

《愚园丛札》 佚名

《灌叟撮记》 （民国）胡光国

45. 《江宁府七县地形考略·上元江宁乡土合志》 （清末民初）陈作霖

46—47.《金陵琐志九种》	（清末民初）陈作霖，（民国）陈诒绂
《运渎桥道小志》	（清末民初）陈作霖
《凤麓小志》	（清末民初）陈作霖
《东城志略》	（清末民初）陈作霖
《金陵物产风土志》	（清末民初）陈作霖
《南朝佛寺志》	（清末民初）孙文川，陈作霖
《炳烛里谈》	（清末民初）陈作霖
《钟南淮北区域志》	（民国）陈诒绂
《石城山志》	（民国）陈诒绂
《金陵园墅志》	（民国）陈诒绂
48—49.《秦淮广纪》	（清）缪荃孙
50.《崇山志》	（清）顾云
51.《金陵关十年报告》	（清末民国）金陵关税务司
52.《金陵杂志·金陵杂志续集》	（清末民初）徐寿卿
53.《南洋劝业会游记》	（民国）商务印书馆编译所
54.《新京备乘》	（民国）陈迺勋，杜福堃
55.《金陵岁时记·岁华忆语》	（民国）潘宗鼎；（民国）夏仁虎
56.《秦淮志》	（民国）夏仁虎
57.《雨花石子记》	（民国）王猩酋
58.《金陵胜迹志》	（民国）胡祥翰
59.《瞻园志》	（民国）胡祥翰
60.《陷京三月记》	（民国）蒋公穀
61.《总理陵园小志》	（民国）傅焕光
62.《金陵名胜写生集》	（民国）周玲荪